비혼이고

아이를

키웁니다

비혼이고 아이를 키웁니다

결혼도 출산도 아닌
새로운 가족의 탄생

백지선 지음

또다른우주

2003년 내가 재직하던 회사에 저자가 입사하면서 함께 일하게 되었으니 알고 지낸 지 20년이 다 되어간다. 수많은 출판계 동료 중에서도 여러 면에서 인상적인 친구였다. 출판계에는 비혼 여성이 워낙 흔해서 그 점은 특이하다고 할 수 없었으나 갑자기 아이를 입양했다는 소식을 듣고 놀라지 않을 수 없었다. 조직 생활을 불편해하는 또래 편집자들이 업계를 떠나거나 창업을 하는 동안, 아이를 키우면서도 회사에서 승승장구했다. 하루는 내가 창업한 회사에 놀러 와서 둘째를 입양하겠다고 하기에 다시 한번 놀랐다.

전형적인 엄마 이미지와 거리가 멀지만 아이를 둘이나 키우고, 마음에 없는 말을 못 하고 표정을 못 숨기면서도 그 누구보다 조직 생활을 오래 했다. 참 독특한 캐릭터라는 말이 절로 나오는 저자의 삶이 이 책에 담겨 있다. 흥미진진하면서도 여운이 깊게 남는다. 알고 보니, 그 독특함은 여성의 삶, 가족과 사회에 대한 진지한 고민과 실천에서 비롯되었다. 가장 개인적이고 가장 정치적인 이 책이 다양한 가족 형태를 모색하는 이 시대에 하나의 화두가 되길 바란다. **_김기중**, 도서출판 더숲 대표

가족이라는 단어가 이리도 해석될 수 있다는 것, 삶을 이렇게 선택해서 꾸려갈 수 있다는 것, 내가 모르던 아름다운 연대의 세계를 따뜻하고 친절하게, 그리고 명확하고 객관적으로 알려주었다. 이 가족의 서사가 어쩌면 내 삶의 선택지를 좀 더 넓게 좀 더 다양하게 바라볼 수 있게 해준 것 같다. 이 작은 책에서 내가 본 이야기들은 꽤 오랫동안 내 마음에 큰 파문으로 남을 듯하다. **_김예지(코피루왁)**, 일러스트레이터·『저 청소일 하는데요?』 저자

남들이 성인 배우자를 고르고 결혼을 대비할 때 저자는 그 돈, 시간, 에너지를 들여 입양을 준비했다. 자신의 연약함을 알고 (나는 가족이 필요해), 제도의 한계를 알고 (결혼하면 후회할 확률이 높아), 생명의 귀함을 알고 (사랑이 필요한 아이들이 많지), 이러한 세 가지 앎의 조건이 '비혼 여성이 아이 둘을 입양한다'는 자기배려의 실천을 낳았다. 여기 똘똘 뭉친 '완전체 가족'이 주는 교훈은 선명하다. 원래

그런 건 없고 남들처럼 살 필요도 없다는 것. 정상적인 삶에 대한 환영을 지운 자리에 저마다 자기 삶의 지도를 그리도록 용기와 지침을 주는 책이다. _은유, 『있지만 없는 아이들』 저자

남의 집 어린이에게 좋은 어른이 되기. 출산하지 않은 내가 사회 구성원으로서 갖는 의식적 선량함이다. 공개입양을 한 친구 가족을 보면서 마음이 더 굳건해졌는데, 『비혼이고 아이를 키웁니다』의 말을 빌리면 이렇다. '사랑은 생존의 문제다. 특히 아이들에게는.' 입양은 사람을 살리는 일인 것이다. 두 아이를 입양해 가족으로 함께 성장하는 저자를 보며, '비혼'이 혼자 산다는 뜻이 아님을 새삼 생각한다. 비혼 입양에 관심 있는 분들은 꼭 읽어보시길. _이다혜, 작가·《씨네21》 기자

형식만 갖추어지면 내용은 무시되는 일이 있다. 한국에서는 가족이라는 형식이 특히 그러한 것 같다. 결혼으로 맺은 관계를 통해, 제 배로 낳고, 그 후로 밥 먹여 키우면 그만이다. 돌이킬 수 없는 상처와 문제가 그렇게 비롯되는 경우를 자주 보았다. 관계는 살아 숨쉬는 생명 혹은 흐르는 물과 같아서 그릇에 갇히면 썩거나 말라 버린다. 중요한 것은 속살이고 껍질 같은 건 필요 없다고, 오래 생각해 왔다.

그러던 중에 저자를 만났다. 중국의 모계사회를 다룬 에세이 번역 작업을 맡게 되면서였다. 나는 그 뒤로 나의 생각을 뒷받침하는, 그리고 아주 가까이에서 살아있는 근거를 사람들 앞에 종종 꺼내곤 했다. 모계사회를 다룬 에세이를 작업하며 만난 한 편집자가 자신도 마침 두 딸을 입양해서 일종의 모계사회와 비슷하게 산다고, 자신이 꾸린 가정의 형태가 영원한 사랑을 가능하게 한다고 말했다고, 그렇게 말하며 아주 행복하게 웃었다고. 존재만으로 누군가에게 희망으로 제시하고 싶을 때마다 언급했던 그의 삶이 한 권의 책으로 나왔다. 그의 웃음을 보았던 순간을 자세하게 전하기 어려워 아쉬웠던 마음이 이제 달랠 길을 찾았다.

형식에 가로막혀 아이들이 살아가는 삶의 내용은 잘 보이지 않을 수 있다. 그래서 아이들은 쓸데없는 소리를 자주 듣고 자랄지 모른다. 그러나 이 책을 읽는 독자들은 아이들만큼 확신할 수 있다. 아이가 잘 자라는 데 필요한 건, 혈연도 남과 여의 결혼도 규범에 매인 가정도 아니라는 사실을. 실컷 달려가다 가끔 뒤를 돌아볼 수 있고, 그렇기 때문에 앞만 보고 달려갈 수 있게 길러진 마음과 그것을 길러준 사람과의 연결 앞에서 그쯤은 정말이지 아무것도 아니다. 형식은 결코 그런 일을 해낼 수 없다. 오히려 어느만큼 비켜가야 가능한 것일지도 모른다. 이들은 우리가 기원하지 않아도 이미 행복하다. 슬픔은 그것을 의심하고 왜곡할 때만 찾아올 것이다.

그러니 가능한 한 많은 이들이 이 책을 읽고 함께 확신을 불어넣어 아이들이 나아가는 앞길에 불필요한 돌부리를 치워줄 수 있기를 제안한다. _**이민경**, 문화인류학자·『우리에겐 언어가 필요하다』 저자

나는 결혼, 혈연으로 이뤄진 이른바 '정상가족'의 아빠다. 그런 나에게 결혼하지 않고 혈연도 얽히지 않은 비혼 여성이 두 아이를 입양하여 키운 가족 이야기는 신선한 충격이었다. 난 몰랐지만, 한국의 가족 구성은 지금도 이미 충분히 다양하다. 여성가족부가 2020년 성인 1,500명을 대상으로 한 '가족 다양성 국민 여론조사'에서 10명 중 7명이 '혼인·혈연 관계가 아니어도 주거·생계를 공유한다면 가족이라 여길 수 있다'고 답할 정도로 사람들의 생각도 바뀌고 있다. 저자가 워킹맘으로 두 아이를 입양하고 키우며 살아온 이야기야말로 이렇게 변화한 한국 가족의 좋은 사례다. 나 같은 '정상가족'에 속한 사람은 발견과 각성의 계기를, '비정상가족'에 속한 사람은 공감과 연대의 기회를 얻을 것이다. 이 책이 지지부진한 생활동반자법 입법화의 촉매제가 되었으면 좋겠다. _**조성웅**, 유유출판사 대표

비혼입양 가정의 장점은?

첫째, 내게 배우자가 없으므로 어머니, 자매가 자신의 집처럼 스스럼없이 드나들고 함께 살기도 하면서 육아를 도와주었다. 사위나 형부, 매부를 불편해하거나 사이가 안 좋아서 친정 식구가 육아를 도와주지 못하는 경우를 주변에서 종종 보았다. 외벌이 가정은 물론, 맞벌이 가정에서도 남편보다 친정 식구가 육아에 더 도움이 되는 경우가 흔하다. 남성들의 육아 참여율이 낮아서이고, 문화적인 문제이자 일 중독 사회의 병폐이기도 하다.

둘째, 부부가 아이를 낳거나 입양하는 경우 둘 사이가 나빠지면 아이가 피해를 보는 일이 생기기도 한다. 부부가 이혼하면서 양육에 소홀해지거나 아이를 포기하는 일은 일반가정에서나 입양가정에서 종종 발생한다. 교육관의 차이가 갈등으로 이어지기도 한다. 우리 아이들은 심각한 갈등을 경험한 적 없이 늘 안정된 환경에서 양육되었다. 흔한 부부싸움 한 번 본 적이 없으니까.

☆ ☆

내가 결혼하지 않고 두 아이를 입양했다는 걸 알게 되면 주변 사람들이 신기하게 여기곤 했다. 비혼 여성 중에는 나를 부러워하는 이들도 있었다. 아이를 입양하기 훨씬 전부터, 결혼은 하고 싶지 않지만 아이는 키우고 싶다는 여성들을 종종 보았다. 현실적인 어려움을 극복할 수 있을 거라 여긴다면, 아이를 낳거나 입양해서 키울 비혼 여성들이 많을 것 같다.

내게는 결혼을 하지 않는 것도 아이를 입양하는 것도, 참 자연스러운 일이었다. 요즘에는 한부모가족도 많고 일 때문에 떨어져서 생활하는 부부도 많으므로 생활 모습도 일반가정과 별로 다르지 않다.

그렇지만 비혼입양 가정은 극소수이므로 우리 아이들이 자라날수록 호기심 어린 시선을 받으며 출신 배경을 설명해야 하는 경우가 늘어날 것이다. 아이들 자신도 왜 남들과 다르게 인생을 시작했는지 의문을 가질 수 있다. 특이한 배경을 지닌 아이가 아니더라도 누구나 성장하면서 자신만의 서사를 만들어나간다. 아이들이 자신의 이야기를 어떻게 완성해나갈지 나는 아직 모른다. 그러나 아이들이 내 집에 오고 함께 가족을 만들어나간 이야기를 들려준다면 그들이 초기의 생애를 이해하고 자신만의 서사를 완성하는 데 기초 자료로 삼을 수 있을 것이다.

어떤 사람은 친구를, 어떤 사람은 동물을 가족으로 선택한다. 자신의 삶을 주도하며 그 과정에서 새로운 삶의 방식을 창조하는 사람들이 늘어나고 있다. 이 책은 자유와 책임, 동시에 사랑과 연대에 관한 이야기다.

사람은 혼자 살 수 없다. 아이만이 아니라 어른도 혼자 살 수는 없다. 가족을 이루어도 관계의 질은 물론 외형도 계속 변화한다. 이 책이 변화하는 가족상을 새롭게 들여다볼 실마리를 제공하길 바란다.

차례

가족의 탄생

가족을 둘러싼 세상

나는 모노레일을 타고 센토사섬으로 들어갔다. 야간에 해변에서 펼쳐지는 환상적인 레이저 쇼를 관람하기 위해서였다. 짧은 싱가포르 여행은 쾌적하고 즐거웠다. 며칠간의 체류 시간을 알차게 활용해 수륙양행 버스를 타고, 타이거 맥주 공장을 돌아보고, 대관람차를 타고, 다민족 국가인 싱가포르를 구성하는 각 민족의 특성이 살아 있는 박물관과 전통시장을 둘러보고, 야간에 정글을 둘러보는 '나이트 사파리' 투어에도 참여했다. 저녁에는 호텔로 돌아와 옥상 수영장에서 물 위에 누워 밤하늘의 정취에 젖었다.

그러나 마음 한구석에는 허전함이 있었다. 내 옆에 아이가 있다면 얼마나 좋을까? 호기심 가득한 눈망울을 반짝이며 재잘

대는 아이가 있다면 이 세상이 얼마나 새롭고 산뜻하게 느껴질까? 눈앞에서 펼쳐지는 화려한 레이저 쇼와 하늘에서 내뿜는 수증기의 상쾌한 느낌을 즐기면서도 더이상 이런 여행은 하고 싶지 않았다. 몇 년 전 중국 패키지여행을 갔을 때 초등학생 딸과 단둘이 여행 온 어머니를 보았다. 나도 그럴 수 있었으면 좋겠다는 생각이 들었다.

☆☆

예전부터 결혼을 하든 안 하든 아이를 입양하고 싶었다. 미래를 낙관할 수 없는 세상에서 아이를 낳고 싶지 않았다. 제대로 보살핌을 받지 못하는 아이들이 많은데 뭐하러 새로 낳지? 이런 생각도 내 머릿속에 자리 잡고 있었다. 아이를 낳을 생각은 없었지만, 아이를 키우는 일은 세상에서 가장 가치 있는 일이라고 생각해왔다. 주말에 일하는 언니 대신 조카들을 돌본 경험이 많아, 아이를 키운다는 것은 내게 전혀 낯설지 않은 자연스러운 일이었다.

수십 년 동안 따로 살아온 이성과 결혼해서 모든 일상을 공유하는 건 당연하게 여기면서 아이를 입양해서 키우는 건 특별한 일로 여기는 게 납득이 되지 않았다. 결혼을 후회하는 사람은 많이 보았지만, 아이를 낳고 키운 걸 후회하는 사람은 별로 보지 못했다. 나는 결혼의 성공률보다는 입양의 성공률이 훨씬 더 높을 거라고 생각한다.

입양에 대해 검색해 보면 결혼을 하지 않았거나 이혼한 여성이 아이를 입양하고 싶다고 하소연하는 글들을 쉽게 찾아볼 수 있었다. 2008년 나는 정보를 검색하다가 독신자도 입양을 할 수 있다는 내용을 발견했다. 제도가 바뀌었다는 것이다. 내가 싱가포르 여행을 갔던 바로 그 해였다.

2006년 12월 30일자로 「입양촉진 및 절차에 관한 특례법」 시행규칙 개정으로 '혼인 중일 것'이라는 양친 될 자의 자격 조건이 삭제되었다. 한편, 법무부는 2021년 11월 9일자로 독신자에게 친양자 입양을 허용하는 「민법」 및 「가사소송법」 일부개정법률안을 입법예고했다. 전자는 양육자로부터 분리된 요보호아동을 대상으로 하는 입양특례법상 입양이고, 후자는 일반 아동을 대상으로 사적인 차원에서 이루어지는 민법상의 입양이다. 즉, 보육시설이나 위탁가정에서 공적인 보호를 받는 아동을 독신자가 입양하는 것은 2007년부터 가능했고, 누나와 합의해서 조카를 입양한 연예인 홍석천 같은 경우는 2021년 입법예고된 개정안을 통해 완전한 부모와 자식으로서의 권리 및 의무를 갖는 친양자 입양이 가능해진다.

나는 때가 되었다고 느꼈다. 그러나 먼저 해결할 일이 있었다. 내 몸속에는 자궁근종이 자라고 있었다. 병원에 검사하러 갈 때마다 근종의 크기가 아주 커서 수술을 해야 한다는 말을 들었다. 개복 수술을 하게 되면 5일 정도 입원해야 하고 퇴원 후에도 누군가의 도움이 필요할 터였다. 혼자 살던 나는 여동생 집 근처로 이사했다. 집이 가까워야 도움을 청하는 일이 수월할 것이었다.

　다음 해 나는 수술을 받았다. 수술 후 의사는 제거한 근종의 지름이 10센티미터가 훨씬 넘었다고 했다. 그렇게 큰 근종이 있었으니 배가 나올 수밖에 없었겠다는 생각이 들었다. 수술 후 뱃살이 쏙 들어가고 몸무게도 몇 킬로그램 줄었다. 수술 전 몹시 당혹스러운 관장을 경험하고 수술 후 처음 음식을 목구멍으로 넘겼을 때는 구토를 심하게 하기도 했으나, 정말 오랜만에 시간에 쫓기지 않고 며칠간 병원 침대에서 빈둥거리며 지냈다. 느긋하게 소설책을 읽고 휴대폰으로 드라마를 시청했으며, 병원의 옥상 정원에서 아무 생각 없이 석양을 바라보거나 가벼운 산책을 즐겼다.

　퇴원 후에도 한동안은 쉽게 피로해져서 밤 9시에 자고 아침 6시에 일어나는 착한 어린이가 되었다. 그러나 극심한 피로 속에서 나는 황홀감을 느꼈다. 배를 칼로 가르는 수술을 했는데도 금세 회복되는 것을 경험하며 무엇이든 할 수 있을 것 같은 자신감이 차올랐다.

몸이 차츰 회복되자 나는 바로 입양 준비에 착수했다. 가장 인지도 높은 입양기관을 찾아가 상담을 신청하고, 입양 및 육아와 관련된 책을 십여 권 샀다.

☆☆☆

2010년 첫 아이를, 2013년 둘째를 입양했다. 두 아이를 입양한 것은 지금까지 내가 한 일 중에서 가장 잘한 일이다. 놀이터에서 아이들과 무아지경으로 뛰어놀거나 연휴에 의무적으로 간 워터파크에서 아이들보다 더 열심히 달려가 워터슬라이드 앞에 줄을 서는 자신을 발견하며, 아이가 없다면 과연 이런 경험을 할 기회가 있을까 자문하게 된다. 주말에 아이들과 깔깔대고 노닥거리다 미리 세워둔 계획을 하나도 못 지켰음을 깨달은 저녁 무렵, 문득 지금이 내 인생에서 가장 행복한 순간이 아닐까 하는 생각이 들기도 한다.

아이들을 통해 나는 다양한 세상과 연결되었다. 아이들이 다니는 어린이집, 학교, 선생님들과 학부모들, 키즈카페, 문화센터, 놀이터의 아이들과 그 부모들…. 나는 아이들이 없었더라면 모르고 살았을 복잡한 세계의 일원이 되었다. 무엇보다도 수십 년의 세월을 뛰어넘어 아이들과 교감하고 동시대를 호흡하는 것은 경이로운 경험이다.

아이를 키우면서 나는 마침내 정착하게 되었다. 그 전에 나는 바람에 날리는 비닐봉지처럼, 물 위에 떠다니는 부평초처럼 어디로 떠밀려가 얼마나 머물지 모르는 존재였다. 알 수 없는 미래 때문에 현재는 늘 불안했다. 이제 나는 현재를 산다. 내일 죽더라도 나는 현재를 움켜쥐고 아이들에게 최선이 되는 길을 모색할 것이다.

아이들 역시 내 보호와 사랑 속에서 세상에 도전할 용기를 얻을 것이다. 아이들이 어렸을 때 이층침대를 사주었지만 결국 놀이 공간이 되어 버리고 아이들은 늘 내 곁에서 잤다. 첫째가 자기 방을 갖고 싶다고 했지만, 한동안 자기 방 싱글침대에서 자다가 도로 안방으로 왔다. 그러다가 다시 벙커침대를 갖고 싶다고 졸라서 사주었지만 거기서 자는 것도 며칠뿐, 역시 혼자 있고 싶을 때만 애용하는 다락방 같은 공간이 되었다. 침대 매장에 가면 더블침대 두 개, 혹은 더블침대와 싱글침대를 합체한 형태의 패밀리침대를 흔히 볼 수 있다. 나 역시 퀸 사이즈와 싱글 사이즈 매트리스를 붙여 패밀리침대처럼 쓴다. 아이들은 매사에 간섭하고 잔소리를 일삼는 엄마에게 흥칫뿡으로 일관하다가도 밤에 잠들기 전 이불을 더듬어 내 손을 꼭 잡는다.

　아이들은 엄마가 제공하는 정서적 안정감이라는 안전망 위에서 마음 놓고 세상으로 뛰어오를 것이다. 간혹 고개를 돌려 엄마가 보고 있나 확인한 후 안심하며 미래를 향해 나아갈 것이다. 내 아이들이 미래의 주인이므로 나는 조급할 이유가 없다. 혼자만으로는 한없이 가냘프고 연약한 나와 아이들은 그렇게 강력한 연대를 통해 서로를 지탱하고 응원해준다.

일러두기

* 미혼(비혼) 한부모가족과 이혼·사별로 인한 한부모가족을 「한부모가족지원법」 등 공식적인 명칭에 따라 한부모가족으로 통칭했다. 그러나 관행상 굳어졌거나 특정한 사회적 맥락에서 쓰는 경우, 미혼모나 미혼부모, 싱글맘이라는 표현을 일부 사용했다.

가족의 탄생

갓난아기를
품에 안은 날

태어난 지 석 달이 되었다는 아기는 나를 보자마자 방긋방긋 웃으며 침을 흘렸다. 처음 본 사람을 왜 이렇게 좋아할까? 아기는 나에게 안겨서도 전혀 낯설어하지 않고 내 얼굴을 응시하며 생글거렸다. 사람을 좋아하는 사교적인 아이라는 느낌이었다.

얼마 후 아기를 정식으로 인도받은 나는 입양기관에서 바로 동네 주민센터로 직행했다. 아무도 내게서 아이를 빼앗지 못하도록 출생신고를 하기 위해서였다. 2012년 입양특례법이 개정되어 친생모가 직접 출생신고를 해야 입양이 가능하게 한 규정이 신설되기 전에는 입양부모가 출생신고를 하는 것이 일반적이었다고 한다. 입양기관에서 알려준 아이의 생일대로 출생신고를 하고 신고 지연에 따른 과태료를 납부했다.

아이가 생기자 나는 집에 보물단지라도 숨겨 놓은 것 같은 느낌이었다. 회사에서 일을 할 때도 마음이 든든했다. 우여곡절 끝에 어머니가 아이를 평일에 돌봐주기로 했는데 자세한 내용은 54쪽 '할머니의 사랑'에서 다룬다.

아기를 집에 데려오기 전에 요의 네 면을 접어서 벽처럼 세울 수 있는 형태의 신생아 침구를 구입했다. 나는 그 상자 모양 침구를 내 머리맡에 놓고 아기를 재웠다. 밤에 자다가도 몇 번씩 일어나 쌔근쌔근 잠들어 있는 아기를 들여다보거나 숨소리가 나지 않으면 코 밑에 손가락을 대고 아기가 숨을 쉬는지 확인했다.

육아서적에서 본 '영아돌연사증후군'이 두려웠다. 갓난아기가 별 이유 없이 자다가 죽는 경우가 있는데 엎드려 잘 때 발생하기 쉽다고 했다. 내가 상자 모양 침구를 마련한 것은 아기가 잘 때 몸을 뒤집지 못하게 하려는 의도였다. 여유 공간이 별로 없었으므로 그 안에서 아기가 몸을 뒤집으려 하면 상자 자체가 뒤집어져 내가 깨거나 아기가 깨거나, 아기가 깨지 않더라도 몸을 제대로 뒤집을 수 없으므로 다시 바른 자세를 취하게 될 것이기 때문이었다. 자다가 일어나 아기의 숨소리를 확인하는 일은 아기가 기어 다닐 수 있을 만큼 체력이 강해질 때까지 계속되었다.

☆ ☆

아기는 며칠 만에 등밀이로 기어 다니는 묘기를 보여주었다. 바닥에 등을 대고 두 다리를 개구리처럼 오므렸다 폈다를 반복하며 위로 위로 올라가다 벽에 머리를 찧었다. 나는 어리둥절한 표정의 아이를 반대편으로 옮겨 주었다. 아기는 또 부지런히 다리를 움직여 방을 가로질렀다. 나는 아기가 또 벽에 머리를 찧기 전에 쿠션을 대어 놓았다.

유아용품 대여업체에서 전동요람과 아기침대를 빌렸다. 요람에 눕혀놓고 천천히 흔들리게 작동시키면 아이가 스르르 잠이 드니 아주 편했다. 아기가 6개월 정도 되면 낯가림이 시작되어 엄마가 화장실에만 가도 울면서 불안해 한다. 나는 목욕을 하거나 화장실에서 볼일을 볼 때 바로 앞에 요람을 가져다 놓고 아기를 눕힌 후 문을 열어 놓고 아기를 보면서 일을 처리했다. 아기가 잠시도 떨어져 있지 않으려고 하면 아기를 업은 채 설거지를 하기도 했다. 밤에 아기가 울면 이웃도 신경 쓰이고 여러 모로 심란해진다. 그래도 어린 아기는 수면시간이 어른의 두 배쯤 되기 때문에 양육자가 한숨 돌릴 수 있다.

새벽에 아기에게 수유하는 습관을 들이면 아기도 양육자도 잠을 제대로 못 잔다고 한다. 입양하기 전 아기를 돌보던 위탁모가 습관을 잘 들인 덕분인지 아기는 밤 9시쯤 마지막으로 분유를 먹고 잠을 청한 뒤 아침 7시쯤에 일어나 분유를 먹는 일과를 자연스럽게 받아들였다. 새벽에 깨어 우는 일은 거의 없었다.

아기침대는 높은 창살이 침대를 둘러싸고 있어 그 안에 아기가 있으면 감옥에 갇힌 것처럼 보였다. 양육자가 마음 놓고 잘 수 있도록 아기를 가두는(?) 용도로 고안된 제품인 것 같았다. 그러나 아기침대는 대여 기간인 석 달을 얼마 채우지 못하고 반납했다. 우리집에 왔을 때부터 등밀이로 활발하게 움직이던 아기는 곧 배밀이를 시작했고, 얼마 지나지 않아 엎드려서 제대로 기어 다니기 시작했다. 곧 아기가 침대를 탈출하려 할 것이고 창살에 매달려 넘으려고 하다가 다칠 수도 있기에, 나는 아기가 기어 다니기 직전에 침대를 업체에 반납했다.

나는 아기와 나란히 누워서 잠을 자기 시작했는데, 아이가 발길질을 하며 굴러다니는 통에 나는 귀퉁이에서 웅크리고 자야 했다. 그러면 아이는 자유롭게 굴러다니다가 아침에 대각선 방향 구석에서 발견되거나 내 발밑에서 발견되기도 했다. 아이가 늘 이불을 발로 차버렸기 때문에 겨울에는 내복 위에 수면 잠옷과 조끼를 입히고 수면 양말을 신겼다. 나는 내가 자다가 아이를 깔아뭉갤까 봐 걱정했지만, 아마도 엄마란 존재는 아이에게 예민하기 때문인지 그런 경우는 한 번도 없었다. 늘 내가 아이의 발길질을 피해 점점 구석으로 몰렸다.

나는 당시 인기 있었던 수입산 기저귀를 사다 쓰고 국내 유일의 유기농 분유를 먹였다. 옷은 내복만 사고 외출복은 작아진 조카 옷을 얻어서 입혔지만, 먹는 것은 유기농, 무항생제를 고집했다. 소아과 의사가 집필한 이유식 책에 반드시 동물성 단백질을 먹여야 한다고 되어 있어서 무항생제 유기농 닭고기와 유기농 한우를 야채와 쌀에 섞어 이유식을 만들었다. 어떤 이유에선지 유기농 돼지고기는 판매하는 걸 본 적이 없어서 돼지고기는 제외하고 닭고기와 소고기를 번갈아 먹였다. 내가 참고한 이유식 책에도 돼지고기로 된 요리는 없었다. 주말에 한꺼번에 이유식을 만들어 냉동실에 가득 채워놓고 일주일 내내 먹였는데, 아기는 자극적인 음식을 먹어 본 적이 없기에 그 맛없는 단일메뉴 이유식을 잘 먹었다. 나중에 우리 가족은 아이가 자라는 내내 아주 건강했던 이유가 유기농 한우를 많이 먹었기 때문이라고 말하기도 했다.

당시 주방이 매우 비좁아서 나는 이유식을 담을 그릇들을 바닥에 늘어놓고 작업을 했는데, 그 작업을 할 때는 아기가 방에서 주방으로 넘어오지 못하도록 방문 앞에 쿠션들을 쌓아 일종의 바리케이드를 만들었다. 기어 다니는 데는 엄청난 체력이 필요하다. 나도 아기를 따라 기어 다녀보았는데 금세 지쳤다. 그러나 아기는 맹렬한 기세로 하루종일 기어 다니며 세상을 탐색했다. 아기는 내가 이유식을 만들 때 쿠션 성벽으로 계속 돌진하며 조금씩 무너뜨렸다. 그럼 나는 또 쿠션과 베개를 쌓아 올렸다. 아기는 조금도 주저하지 않고 지치지도 않고 계속 돌진해 왔다. 그런 공방전 끝에 이유식을 모두 그릇에 담고 식힌 다음 냉동실에 넣고 나면 쿠션 성벽을 해체할 수 있었다.

아기가 기어 다니면 부모는 잠시도 한눈을 팔 수 없다. 무슨 사고를 칠지 모르기 때문이다. 나는 보행기야말로 부모를 위한 발명품임을 깨달았다. 나 말고도 그렇게 얘기하는 엄마가 있었다. "보행기가 없으면 아무것도 못 해요." 아기가 혼자 앉을 만큼 허리에 힘이 생기지 않았을 때 보행기에 태우면 건강에 해롭다고 한다. 너무 오래 태워도 안 좋다고 한다. 내 경험으로는 기어 다니기 시작할 때 태우는 게 좋은 것 같다. 기어 다닐 수 있으면 얼마 지나지 않아 지지대를 잡고 걸을 수 있게 된다. 물론 보행기에 태웠다고 마냥 마음 놓고 있을 수는 없고 계속 아이를 주시하면서 현관 턱에서 넘어지는 등의 사고를 예상하고 대비해야 한다.

☆☆

　아기는 아주 많은 예방접종을 해야 하는데 돌을 전후한 시기까지 접종이 집중된다. 조그만 몸뚱이에 그 많은 주사를 맞아도 괜찮은지 걱정될 지경이다. 그러나 영아 사망률이 극적으로 떨어진 것은 분명히 예방접종 덕분일 것이다. 결핵 주사를 접종할 때 흉터도 안 남고 덜 아프다고 해서 무료인 일명 불주사 대신 유료 주사를 맞았는데 뾰족한 바늘들이 잔뜩 달린 도장형 주사를 보자 고문 도구가 아닌가 하는 생각마저 들었다. 그 도장형 주사를 아이의 팔에 꾹 누르자, 다른 주사를 맞을 때 우는 법이 없던 아이도 애앵 하고 울음을 터뜨렸다. 둘째는 보건소에서 일반 결핵 주사를 맞혔다. 첫째의 팔에는 지금도 열여덟 개의 바늘 자국이 선명하게 남아 있다. 어차피 흉터가 남을 바에야 한 개가 나을 것 같다.

　입양한 아이들은 의료급여 혜택을 받는다. 건강보험이 적용되는 급여 항목의 본인부담금을 면제받는 것이다. 건강보험증에 기재하고 즉석에서 혜택을 받기도 하고, 사후 급여를 선택해 수개월 후 통장으로 돌려받기도 한다. 나는 혹시 아이들이 차별을 받을까 봐 사후 급여를 선택했다. 사실 우리나라에서는 비급여 항목에서 의료비 부담을 느끼지, 급여 항목의 본인부담금 때문에 곤란을 겪는 일은 드물다. 병원 갈 일이 별로 없는 아이들의 급여 항목 본인부담금 액수는 미미하지만, 그래도 없는 것보다는 훨씬 낫다.

첫째에게 예방접종을 할 때는 건강보험 적용이 안 되어 아주 비싼 가격이었던 선택 접종이 둘째에게 접종할 때는 건강보험이 적용되어 저렴해졌다. 첫째 때는 보건소에서 맞춰야만 무료였던 백신들도 둘째 때가 되자, 민간병원에서도 무료로 접종해 주었다. 첫째를 키울 때는 직장 때문에 보건소에 못 가고 민간병원에서 유료로 백신을 접종받기도 했었다. 아이들은 매년 독감 백신도 무료로 맞는다. 의료 복지가 빠르게 개선되고 있음을 알 수 있었다. 입양아를 키우면서 선택적 복지보다 보편적 복지가 더 도움이 되었다. 지금은 접종 때가 되면 문자로 알려주니 시기를 놓칠 걱정도 덜게 되었다.

하루에 백 번 '엄마'를
부르는 아이

첫째가 처음 '엄마'라고 불렀던 때는 기억나지 않는다. 어느 날 첫째를 안고 눈길을 걷는데 아이가 재미가 들렸는지 "엄마!" "엄마!" 노래를 부르듯 계속 불러댔다. 우리는 목욕탕에 가는 길이었다. 나도 아이와 함께 "엄마, 엄마!"를 연창하며 눈길을 조심조심 걸어갔다.

아기는 돌 무렵 걷기 시작하고 두 돌 전후해서는 말을 하고 기저귀를 떼게 된다. 엄마, 맘마는 발음도 비슷하고 아이에게 두 말의 의미는 별 차이가 없을 것 같다. 일단 엄마라는 말을 하게 되면 하루에 백 번쯤 '엄마'를 불러댄다. 아기가 울 때처럼 그 의미는 그때그때 다르다. "배고파." "쉬 마려워." "졸려." "목말라." "그냥." "저건 뭐야?" 온갖 의미가 "엄마!"라는 말에 담긴다.

엄마라는 말을 처음 들으면 정말 감격스럽지만, 시도 때도 없이 엄마를 불러대며 잠시도 내버려 두지 않으면 혼이 나간다. 대개 육아 스트레스는 육체노동보다는 정신노동, 감정노동에서 비롯된다. 엄마라는 단어에 너무나 다양한 요구를 담고 있어 의미를 파악하느라 머리도 부산하고 민원 처리를 하느라 몸도 바쁘다. 다정하게 부를 때도 있지만 재촉하듯 다급하게 엄마를 부르기도 한다. 계속되는 아이의 요구에 지치면 '제발 그만 엄마를 불러.' 하는 심정이 된다.

아이가 두 명이 되면 두 배로 바쁘다. 주말에 영화 한 편을 볼라치면 백 번 정도 끊어서 보느라 줄거리가 기억이 안 날 지경이었다. 잠깐 보다가 간식을 먹이고, 잠깐 보다가 기저귀를 갈고, 잠깐 보다가 아이가 어질러 놓은 곳을 치우고, 잠깐 보다가 아이가 물어보는 것에 답해주고, 잠깐 보다가 다시 식사를 준비하고, 잠깐 보다가 싸우는 아이들을 말리고, 그러다 보면 하루가 금방 갔다.

아이들은 어른들보다 모든 걸 열 배쯤 예민하게 느끼는 것 같았다. 추우면 금세 입술이 파랗게 질리고 배고프면 난폭해지고 졸리면 바로 쓰러진다. 그래서 어른의 기준으로 생각하면 안 되고 즉각 아이의 요구에 응해야 한다. 아기는 말을 못하므로 울음의 특성과 몸짓, "엄마"라고 부를 때의 억양과 표정을 보고 재빨리 상황을 판단해 대처해야 한다.

둘째를 입양했을 때 상가주택에 살았는데, 겨울에 외풍이 너무 심해서 특히 화장실은 바깥과 온도가 비슷했다. 겨울에 화장실에 있으면 입김이 하얗게 서리곤 했다. 첫째는 아기 욕조에 뜨거운 물을 미리 받아놓고 목욕을 시켰지만 둘째는 그것도 무리일 것 같아 주방 싱크대에서 순식간에 머리를 감기고 목욕을 시켰다. 아기가 작아서 싱크대는 욕조 대용으로 딱 적당했다. 아기를 목욕시킨 후 바로 대형수건으로 둘둘 말아 건조시킨 후 신속하게 온몸에 베이비오일을 발라주었다. 둘째는 목욕 후 몸에 오일 마사지를 해주면 기분이 좋아 느긋하고 편안한 표정을 지었다. 첫째는 간지럼을 많이 타서 몸을 배배 꼬며 까르르 까르르 웃어댔기 때문에 오일을 제대로 바르기 어려웠다.

아이들은 배변 훈련이 된 후에도 어른들처럼 잘 참지 못한다. 그래서 나는 항상 외출하기 직전에 아이들이 화장실에서 볼일을 보게 하고, 목적지나 1시간 정도 경과 후 중간 지점의 화장실 위치를 미리 검색해서 파악한 다음 집을 나섰다. 초등학교에 입학할 정도의 나이가 되면 어른만큼은 아니더라도 외출할 때 큰 불편을 느끼지 않을 정도로 참을 줄 알게 된다. 서울 같은 대도시에서는 10분 정도 참을 수 있다면 어디서든 화장실을 찾을 수 있으니까. 그래도 초등학교 저학년생까지는 영화관이나 공

연장에서 관람하다 말고 중간에 아이와 같이 화장실에 가야 하는 경우가 종종 있다.

우리나라는 2002년 월드컵을 전후해서 공공기관의 노력과 시민들의 자발적인 운동을 통해 어디서나 깨끗한 공중화장실을 무료로 이용할 수 있게 되었다. 유료 화장실이 많은 북유럽 여행 후 한국의 화장실 복지가 세계 최고라는 생각이 들었다.

☆ ☆

사랑하는 사람이 생기면 애교가 전혀 없는 무뚝뚝한 사람도 온갖 애칭을 사용하게 된다. 나는 첫째가 탱글탱글한 피부에 꿀처럼 달콤한 대상이라는 의미로 그 애를 '꿀탱이'라고 불렀다. 아이는 뭔가 못마땅할 때는 삽시간에 작은 얼굴을 찡그리며 '애앵'하고 울음을 터뜨렸다. 그럴 때는 '앵앵이'라고 불렀다. 대체로는 아이들을 공주마마라고 부를 때가 많았다. 특히 예쁜 것들을 특별히 탐하고 예쁨 받기를 갈망하는 '공주과'인 둘째를 공주마마라고 많이 불렀다. 아이들이 공주병에 걸리길 바란 것은 아니었다. 공주마마로 부른 이유는 공주마마처럼 품위 있고 절도 있게 행동하라는 의미에서다. 그냥 줄여서 사극에서처럼 '마마님'이라고 부르기도 하고 서양에서 아가씨를 부르는 표현인 '레이디 ○○'로 부르기도 했다.

아이가 다리 한 짝을 식탁 위에 올려놓고 음식을 먹으면, "공주마마, 이러시면 아니 되옵니다."라고 제지했다. 경박한 소리를 내거나 코딱지를 파거나 몰상식한 행동을 하면 "공주라면 이렇게 행동하지 않겠지?"라고 주의를 환기했다. 아이의 부적절한 행동을 혼내기보다는 '공주라면 이렇게 행동할까?'라는 식으로 스스로 자신을 돌아보게 하는 것이 더 효과적인 교육방식이라고 생각한다. 뭔가 혼낼 일이 있으면 일부러 '내 사랑', 'my dear', 'my love', 'darling'을 남발했다. '예쁜아'라고 부를 때도 많고, '이 세상에서 제일 예쁜 ○○ 공주마마'라고 아주 긴 호칭을 사용할 때도 있다.

아이들을 마마님이나 공주마마로 부르다 보면 존댓말을 하게 된다. 나는 공주마마의 어마마마이므로 아이들도 나에게 존댓말을 써야 한다. 나는 의식적으로 아이들에게 존댓말을 많이 썼다. 부모와 반말로 얘기하는 애들은 존댓말이 익숙하지 않기 때문에 친척을 만나거나 어린이집 선생님과 대화할 때도 반말을 쓰거나 존댓말이 어색해서 어른들과 말을 잘 안 하게 되는 경향이 있다. 가족이 아닌 사람들과는 주로 존댓말로 얘기해야 하므로 존댓말에 익숙한 아이들은 사회생활에 유리하다. 그런데 존댓말을 들어봤어야 쓸 수도 있다.

나와 아이들은 서로에게 존댓말을 할 때가 많았다. 시간이 흐르면서 점점 더 반말을 많이 하게 되긴 했지만, 대체로 반말과 존댓말을 반반쯤 섞어서 쓴 것 같다. 우리 아이들은 어린이집 선생님들이나 문화센터 선생님들과 대화를 많이 하며 친밀하게 지냈는데, 아이들이 존댓말에 익숙했다는 점이 도움이 되었을 것이다. 놀이터에서 우리 아이가 나에게 존댓말을 하면 옆에 있던 다른 아이가 "엄마한테 왜 존댓말을 써?" 그러면서 의아한 표정으로 쳐다보기도 했다.

그러나 육아 스트레스로 힘들어지면 '공주마마'는 순식간에 '똥강아지', '똥개', '빵꾸똥꾸'로 강등되었다. 하루에도 몇 번씩 아이들은 공주마마가 되었다가 똥개가 되었다가를 반복했다. 물론 이런 표현은 일방적일 수는 없다. "이 빵꾸똥꾸야!", "엄마가 빵꾸똥꾸야!", "아니야, 네가 빵꾸똥꾸야!" 이런 식으로 유치한 설전이 이어진다.

어느 날 대형마트에서 쇼핑을 하다가 둘째가 보이지 않자 나는 짜증이 나서 '똥개야, 어딨니?', '똥개야!'를 외치며 주변을 돌아다녔다. 마침 둘째를 발견하고 다가가자 옆에 서 계시던 할머니가 "이렇게 귀여운 공주님이 똥개였구나!"라고 하시며 빙그레 미소를 지었다. 첫째는 나이를 먹어가면서 나에게 이상한 표현을 삼가고 오직 이름으로만 자신을 부르라고 요구했다. 그러면서 내가 다른 호칭을 쓸 때마다 벌금을 부과하겠다고 경고하고, 어쩌다 내가 '레이디 ○○!', '예쁜아!'라고 부르면 벌금을 내놓으라고 손바닥을 내밀었다.

☆ ☆

아이들은 금방 배가 부르고 금방 꺼지기 때문에 하루에 열 번쯤 먹는다. 초등생이 되어도 하루에 여섯 번쯤은 먹는 것 같다. 조금씩 자주 먹는 아이들에게 음식을 해주고 치우다 보면 하루가 금세 지나간다. 그런데 아이들에게는 자극적이지 않은 음식을 먹여야 하고 어른은 그게 너무 맛없다 보니 이중으로 음식을 준비하기도 한다. 어른에게도 자극적이지 않은 음식이 바람직하니 아이들과 식단을 똑같이 맞춘다는 사람들도 많지만, 내 경우에는 조금만 스트레스를 받으면 맵고 짠 음식의 유혹을 떨쳐 버리기가 어려웠다. 더구나 아이들은 달콤한 음식을 좋아하는데 나는 그런 음식을 먹지 않았다.

아이들이 조금 먹다가 배부르다고 안 먹으면 남긴 음식을 먹고, 또 내 입맛에 맞는 음식도 따로 해 먹다 보면 몸무게가 삽시간에 불어나게 마련이다. 그러다가 다시 정신을 차리고 아예 내 음식은 준비하지 않고 아이들이 남긴 음식만 먹기로 결심하곤 한다.

　정성껏 음식을 준비했는데 아이들이 조금만 먹고 남기면 큰 스트레스를 받을 수밖에 없다. 그러고 나서 아이들은 1시간, 혹은 30분 후에 또 배고프다고 먹을 것을 달라고 할 테니 지금 더 먹으라고 강요하게 되기 쉽다. 이 문제로 아이들을 학대하게 되는 엄마들이나 어린이집 선생님들도 있는 것 같다.

　그런데 입장을 바꿔 생각하면 내가 너무너무 먹고 싶어서 직접 만든 음식도 남길 때가 있는데, 아이들은 늘 타인이 준비한 음식을 먹으니 많이 남기는 건 당연한 일이다. 아이들이 음식을 안 남기게 하려면 아주 조금만 주고 늘 허기진 상태로 만들어야 하는데 그럴 수는 없다. 그래서 나는 계속 정신 수양을 하며, 나를 위한 음식은 되도록 안 만들거나 조금만 만들어 놓고 애들이 남기는 음식을 먹고 살았다. 간혹 저녁 늦게 아이들이 음식을 남기면, "안 먹어도 돼. 하지만 이게 마지막 음식이니 배가 고프면 네가 남긴 음식만 먹을 수 있어."라고 주의를 주기도 한다. 특히 아이들이 먹고 싶은 대로 먹으라고 내버려 두면 밥은 조금만 먹고 바로 빵이나 과자로 배를 채우려고 하기 쉬우므로 당분이 많거나 영양소가 불균형한 간식은 주식으로 영양소를 충분히 섭취한 이후에 약간만 먹도록 유도한다.

　나는 하루 세끼 외에는 간식을 거의 먹지 않는다. 빵, 과자,

아이스크림, 치킨, 탄산음료 등을 거의 먹지 않는다. 그래서 예전에는 아이들에게도 별로 사주지 않았다. 첫째는 아마도 네 살 때 피자를 처음 먹은 것 같다. 하루는 음식점에서 해물파전을 먹었는데 첫째가 피자라고 했다. 그림책에서만 피자를 봤으므로 해물파전을 피자라고 생각한 것이다.

별로 몸에 좋은 음식들은 아니지만 내가 안 먹는다고 애들에게도 안 주는 건 부당한 것 같아 요즘엔 일부러 가끔 그런 음식들을 사서 먹인다. 내가 좋아하는 과일과 채소는 늘 냉장고에서 떨어지지 않는다. 고기도 일부러 자주 먹으려고 노력한다. 나는 면 요리, 얼큰한 음식을 좋아하기 때문에 밀가루 음식을 줄여야 한다는 압박을 많이 느낀다. 되도록 쌀국수나 떡국으로 밀가루 음식을 대체하려고 하고, 라면보다는 칼국수나 우동을 더 많이 먹는다.

어쩔 수 없이 아이들은 내 식성을 많이 닮았다. 김치전을 아주 좋아하고 면요리도 좋아하고 과일을 씻어놓거나 깎아놓으면 통째로 가져다 놓고 순식간에 그릇을 비운다. 상추쌈도 좋아하고 채소 반찬, 멸치도 좋아한다. 엄마와 할머니, 이모들의 식성을 닮아 대부분의 한식 요리를 좋아한다. 이런 면은 어린이집이나 학교 같은 집단생활을 할 때 유리하다. 아이들이 음식을 가리지 않고 급식을 잘 먹으면 선생님들이 한결 수월하기 때문이다. 아이들이 제한된 시간에 밥을 잘 먹지 않으면 선생님들이 큰 스트레스를 받을 것이므로 아이들이 집단생활을 잘할 수 있도록 한없이 시간을 끌지 않고 일정한 시간 내에 먹도록 하고 식사 예절도 지도한다. 어린이집과 학교에서 개별 아이들에게 일일이 맞춰주면 좋겠지만, 현실적으로 어려운 문제라 식사 지도에 잘 따르는 아이들이 예뻐 보일 수밖에 없을 것이다.

아이들을 어린이집에 보낼 때 가장 좋은 점이 간식과 점심 식사가 해결된다는 점이다. 특히 학교에서는 아침에 우유 한 잔만 주는 데 반해 어린이집에서는 식사 대용이 될 만한 국수, 죽, 빵 같은 것을 주기 때문에 양육자로서는 고맙다. 학교에서도 간단한 아침밥을 주면 아이들의 복지가 크게 향상될 것 같다.

아이들을 아침 7시 반에 어린이집에 맡기고 출근할 때, 아이를 일찍 깨우는 것도 일이지만 뭔가 먹이는 것도 보통 일이 아니다. 아침형 인간인 둘째는 아기 때부터 무조건 악착같이 아침을 먹었지만, 아침잠이 많은 첫째는 입맛이 없어 거의 굶고 등원했다. 둘째도 아침밥을 많이 먹는 건 아니었으므로 어린이집에서 9시 반에서 10시 사이에 간단한 끼니가 될 만한 음식을 준다는 것은 큰 도움이 되었다. 어린이집에서는 오후 3시 반 경에도 간식을 준다. 아이들이 다니던 구립 어린이집은 매일 아이들에게 제공하는 오전·오후 간식, 점심 식사 견본을 아이들을 하원시키러 오는 학부모들이 잘 볼 수 있는 곳에 진열하곤 했는데, 아이들을 하원시켜 내가 퇴근해서 집에 돌아올 때까지 돌봐주던 어머니는 식사가 잘 나온다고 자주 얘기하며 그 어린이집을 무척 신뢰했다.

☆ ☆

요즘에는 지방자치단체의 육아종합지원센터에서 장난감을 무료로 대여해준다. 10분 거리에 장난감 대여소가 있었던 집에 살 때는 매주 토요일 오전마다 방문해서 장난감을 빌렸다. 첫째가 주로 부피가 큰 장난감들을 좋아해서 나는 접이식 핸드카트를 가져가 미끄럼틀, 경찰차, 장난감 주방 같은 커다란 장난감을 자주 빌렸다. 거대한 장난감을 카트에 싣고 떨어지지 않도록 끈으로 여러 번 둘러 고정한 다음 집까지 끌고 가면 지나가는 사람들이 다 쳐다봤다. 어떤 할아버지는 멈춰서서 "엄마니까 저러고 다니지, 누가 저러겠나?" 그러면서 한참을 쳐다보기도 했다. 플라스틱이라 별로 무겁지는 않았지만 커다란 장난감을 끌고 구불구불한 좁은 골목길들을 지나 집에 도착해 들쳐메고 계단을 오르는 일은 쉽지 않았다. 당시 살던 집에는 엘리베이터가 없었다.

엄마는 아이의 미소에 약할 수밖에 없다. 아이가 즐거워하는 걸 상상하면 약간 힘들어도 괜찮다. 장난감 대여소 덕택에 우리 아이들은 다양한 장난감들을 활용해 즐겁게 놀 수 있었다.

☆ ☆

아이를 키우면 생활 전반이 모두 아이를 중심으로 이루어지게 된다. 나는 순전히 아이 양육 때문에만 네 번 이사했다. 어머니가 아이들을 돌볼 수 있도록 본가가 있는 동네로 이사하거나, 아침에 아이들을 차례로 맡기고 출근할 수 있도록 국공립 어린이집과 초등학교와 3호선 지하철역이 모두 도보 5분 이내에 있는 신축 빌라를 구입하기도 했다. 당시는 전세난이 심해 전세 매물이 없을 때였다. 그런 입지에 아파트도 있어서 그것을 사려고 했는데 어머니가 그 아파트 진입로가 살짝 언덕져서 불편하니 평지에 있는 빌라를 사라고 했다. 아이들에게 아침밥을 제대로 먹이고 돌볼 시간을 조금이라도 더 많이 확보하기 위해, 회사에 걸어서 출퇴근할 수 있는 동네로 이사하기도 했다.

아이를 키우기 전에는 아무 데나 살아도 상관없었으므로 그 점을 활용해서 교통이 편리한 곳에 원룸아파트를 사서 약간의 자산을 형성할 수 있었다. 그러나 직장에 다니며 아이를 키우기 시작하자 거주지와 주택을 정하는 데 제약이 커서 육아 편의와 학교 위치, 직장 위치에 따라 쫓기듯 이사 다니다가 결국은 전국의 수많은 '벼락 거지' 대열에 합류하게 되었다. 그래도 낡고 저렴한 집이나마 장만해 아이들이 어른이 될 때까지 안정된 환경에서 키울 수 있는 현재 상황에 만족한다.

환상의
삼각관계

둘만의 관계는 서로에 대한 의존이 심해져서 피곤할 수 있다. 연애할 때 시간이 많은 주말에 만나 종일 함께 있으면 혼자 있기는 싫고 같이 있으면 피곤한 상태를 경험하곤 했다. 함께 할 수 있는 놀이와 공간을 찾아야 하는데, 돈도 들고 한쪽이 다른 쪽에 맞춰주면서 억지로 시간을 때우는 상황이 자주 발생한다.

아이를 두 명 입양한 것은 둘만의 지나치게 의존적이고 부담스러운 관계를 피하려는 의도가 컸다. 세 명이 있으면 나머지 두 명이 함께 놀라고 하고 혼자 시간을 보내기 좋다. 함께 놀 때도 두 명씩 세 가지 조합을 이룰 수 있고, 세 명이 함께 놀면 그것도 새로운 조합이 된다. 즉, 둘만 지낼 때는 A, B, A+B라는 관계만 존재하지만, 셋이 지내면 A, B, C, A+B, A+C, B+C,

A+B+C라는 다양하고 역동적인 관계가 펼쳐진다.

아이가 나에게 삐치면 나랑 안 놀고 자매와 함께 놀면 된다. 내가 첫째나 둘째에게 섭섭할 때는 다른 아이가 날 위로해 준다. 아이들은 질투의 화신이고 엄마를 독차지하려고 한다. 그럼 나는 자매는 경쟁자가 아니라 동지임을 각인시킨다. 울음을 터뜨리거나 토라진 아이를 동생이나 언니가 먼저 위로하도록 한다. '이 세상에 하나뿐인' 언니와 동생이 제휴하고 동맹을 맺도록 이끈다.

어느 날 길을 가는데 둘째가 떼를 쓰며 움직이지 않자, 나는 첫째를 데리고 그냥 자리를 뜨려 했다. "엄마는 언니랑 집에 갈 테니까, 너 혼자 여기 있어!" 물론 자리를 뜨는 척하고 몰래 숨어서 지켜볼 생각이었다. 그러자 첫째가 갑자기 눈물이 그렁그렁한 눈으로 소리쳤다. "안 돼! 이 세상에 하나뿐인 내 동생을 혼자 두고 갈 수는 없어!" 나는 세뇌교육이 먹혔다고 속으로 흐뭇해하며 겉으로는 냉정하게 둘째에게 고집을 꺾을 것을 요구했다. 언니가 자기 편을 들어주며 계속 설득하자 둘째도 마음이 돌아섰다.

한 번은 아이들이 싸우길래 엄마와 이모들은 너희보다 수십 년 일찍 죽을 것이고 어른들이 모두 죽고 나면 너희 둘만 남으니 지금부터 사이좋게 지내라고 타일렀다. 그 후로 아이들이

"엄마 언제 죽어?" 그렇게 자꾸 물어보길래, "엄마 금방 안 죽어! 너희가 엄마만큼 늙을 때까지 절대 안 죽어!"라고 소리치기도 했다.

밤에 자다가 둘째가 악몽을 꾸면서 몸부림을 치거나 아프다고 하면 즉각 첫째가 비몽사몽간에 몸을 일으켜 동생을 보살피곤 했다. 잠이 깨지도 않은 상태에서 어디서 배웠는지 온갖 달콤한 말들을 횡설수설하듯 속삭이면서 동생을 안아주고 달래주며 때로는 내가 해주었던 것처럼 수건에 냉수를 묻혀 동생의 이마에 올려놓았다. 진짜 심하게 아픈 적은 한 번도 없었으므로 나는 자는 척하면서 아이들을 관찰했다.

첫째는 자신이 다른 사람들을 도와줄 능력이 있음을 알았고 자연스럽게 그 능력을 발휘하곤 했다. 문화센터나 어린이집, 학교에서도 자발적으로 조교 역할을 해서 선생님들이 좋아했다. 초등학교나 지역 청소년센터의 방과후아카데미에서 스스로 임원 선거에 나가 부반장, 부회장 등을 맡기도 했다. 사실 심부름하는 역할인데, 나서서 그런 일을 하는 걸 좋아했다.

둘째도 다른 사람을 보살피거나 챙기는 것을 좋아했다. 시크한 언니보다는 엄마인 나를 챙기려고 애썼다. 맛있는 것을 먹을 때면 엄마도 맛을 보라고 내게 권했고 나를 예쁘게 꾸며주려고 시도했으며 늘 하트와 뽀뽀가 일상이었고 매순간 엄청난 애정을 티 나게 표현하며 상대방에게도 그만큼 기대했다.

어느 집이나 둘째는 '언니 바라기'다. 더 키가 크고 더 힘이 세고 더 많은 것들을 할 줄 알고 더 넓은 세계에서 활동하는 언니를 동경하고 시샘한다. 언니가 하는 행동을 따라 하고 언니가 보여주는 새로운 세계에 매혹된다. 언니처럼 되고 싶으면서도 언니를 깎아내리고 언니의 약점을 캐내어 고자질한다. 첫째는 첫째대로 어린 동생에게 더 관용적인 부모에게 따지고 대들며 자신보다 공부할 것은 적고 놀 시간은 많은 동생을 부러워한다.

나는 두 아이를 최대한 공평하게 대하려고 노력했다. 어리다고 무조건 동생 편을 들어주지도 않고, 동생에게 무조건 언니를 따르라고 강요하지도 않았다. 개별 사안별로 사과할 것은 사과하고 화해할 것은 화해하라고 조치했다. 자신의 복지를 좌우하는 양육자를 둘러싼 아이들의 시기와 질투는 왕실 후궁들의 다툼처럼 치열하고 살벌하다. 한쪽을 편드는 것처럼 보이면 양육자는 패배한다. 나는 둘의 다툼에 다소 무심한 반응을 보이며 꼭 필요한 경우만 최소한으로 개입하고 갈등 해소를 위한 기본적인 원칙을 제시하며 가급적 스스로 해법을 찾아 나가길 바랐다.

아이가 둘이므로 나는 아이들을 내버려 두고 몇 시간이고 딴짓을 할 수 있다. 아이들은 자기들끼리 노닥거리고 낄낄거리고 속닥거리면서 엄마를 골탕 먹일 음모를 꾸미기도 한다. 귓속 말하는 아이들을 갑자기 쳐다보면 흠칫 놀라 엉뚱한 변명을 지어내며 서로 의미심장한 미소를 교환한다. 그들의 상상 속에서 엄마는, 공통의 적으로 삼아 놀려먹거나 장난을 칠, 귀신, 좀비, 뱀파이어 등으로 변신한다.

☆ ☆

나는 처음부터 아이를 두 명 입양할 생각이었다. 부모님이 내게 준 가장 큰 선물은 형제자매였다. 내가 아이에게 줄 수 있는 가장 큰 선물도 자매를 만들어 주는 것이라고 생각했다. 부모님과는 친밀감을 느낄 기회가 별로 없었지만, 우리 사남매는 희로애락을 함께 겪는 동지들이었다. 우리는 토요일 밤마다 벽에 기대거나 서로의 배 위에 눕거나 어깨를 기대고 앉아 MBC 〈주말의 명화〉를 시청했다. 책을 많이 읽는 오빠가 들려주는 '믿거나 말거나' 식의 이야기들에 흠뻑 빠져 밤을 지새우기도 했다. 과일이나 과자를 먹는 일은 드물었고 경쟁이 심해서 어쩌다 간식이 생기면 우리는 앉은 자리에서 서로의 눈치를 보며 귤 5~60개나 과자 몇 봉지를 속도전으로 다 해치우곤 했다.

부모님은 사이가 좋지 않았고 경제적으로도 어려웠다. 우리 사남매는 운이 나빠 불행한 가정에 태어난 서로를 연민하며 그 힘으로 어린 시절을 버텼다. 나 혼자만 힘든 게 아니었으니까, 내 형제와 자매도 고통받고 있으니까 결코 불평하거나 엇나갈 수 없었다. 우리는 마음속은 곪아갔어도 겉으로는 모범생의 모습으로 학창 시절을 견뎌냈다. 혼자서는 버틸 수 없어도 고통받는 자들의 연대는 힘이 강하다. 서로 손을 잡고 가다가 한 명이 넘어지면 나머지 사람들이 훨씬 더 힘들어진다. 그래서 절대로 넘어질 수가 없는 것이다. 내가 힘들다고 내 사람들까지 힘들게 할 수는 없으니까.

내 아이들은 살아가면서 편견에 부딪히고 여러 난관을 겪게 될 것이다. 그럴 때 첫째는 둘째를 보며, 둘째는 첫째를 보며 스스로를 객관화할 수 있을 것이다. 자신의 일이라면 막막하지만, 고민하는 자매에게 어떤 조언을 할지 생각해 보고 그것을 실천한다면 불필요한 자기 연민과 방황에서 벗어날 수 있을 것이다. 나와 같은 고민, 같은 고통을 겪는 자매가 서로를 지탱하는 강한 지지대가 되어줄 것이다. 청소년기를 거치며 힘들 때마다 만약 내가 나 같은 사람을 만난다면 어떤 말을 해줄까 생각하곤 했다. 자신의 문제라면 답이 보이지 않지만, 제3자라고 생각하면 대부분 답이 명확하다.

언니가 낳은 조카들을 보고 세 살 터울이 가장 이상적이라고 생각했다. 한두 살 차이는 많이 싸울 수 있고 동시에 두 명의 아기를 돌봐야 하는 양육자가 힘들다. 나이 차가 적으면 서로에 대한 경쟁심도 더 심하다. 네 살 이상 차이가 나면 같이 놀기도 어렵고 공유할 만한 게 별로 없다. 세 살 차이는 성장단계가 달라 양육자의 부담이 적으면서도 함께 공유할 만한 것도 많다.

나는 첫째를 입양하고 3년 뒤 둘째를 입양했다. 당시 첫째는 네 살로 어린이집이라는 집단생활에 잘 적응해 독립성을 키우는 단계였고, 동생을 돌보고 놀아주는 역할도 제법 잘 해냈다. 입양 절차가 진행되는 동안 몇 번 입양기관에서 둘째를 만났는데, 그때마다 첫째를 데리고 갔다. 첫째는 동생이 생긴다는 것, 그 동생이 입양의 절차를 거쳐 우리집에 오게 되며, 자신 역시 그런 과정을 거쳤다는 것을 자연스럽게 받아들였다.

첫째는 서류만 보고 입양을 결정했고 한 번 선을 본 후 며칠 지나서 집에 데려왔기 때문에 처음부터 내 아이라는 반가움이 강했다. 그런데 둘째는 얼굴을 본 후에도 복잡한 절차가 남아 있어 내 아이가 될 수 있을지 확신할 수가 없었다. 처음 만난 후 네다섯 달이 지나고 나서야 간신히 입양이 확정되었다.

아이를 만나러 입양기관에 가면 아이는 유모차에 앉아 침을 흘리며 자고 있거나, 위탁모와 사회복지사, 내가 얘기하는 동안 탁자 위를 기어 다녔다. 매사에 밝고 긍정적인 첫째는 아기를 신기하게 바라보았다. 때로는 입양기관의 놀이방에서 함께 시간을 보내기도 했다. '내 아이'가 될 수 있을지 불확실해서 마음이 쉽게 가지 않았고, 아이가 엄마로 여기는 위탁모와 함께여서 아이를 대하는 태도가 조심스러울 수밖에 없었다. 어서 지루한 절차가 마무리되고 입양 허가가 떨어지기만을 기다렸다.

마침내 입양 허가를 받았을 때는 아이가 10개월이 훌쩍 넘어서였다. 양육 환경이 송두리째 바뀌어 불안하고 혼란스러운 둘째에게 세 살 많은 언니는 큰 위안이 되었을 것이다. 아이들을 관찰하면 자신처럼 어린 '꼬마 사람'에게 유독 친근감을 느끼고 관심을 표명한다는 것을 알 수 있다. 둘째가 새로운 세계에 적응할 때 언니가 늘 옆에 있었다는 것은 정말 다행이었다.

할머니의
사랑

3개월 된 아기를 입양하면서 나는 그해 남은 연차를 다 사용해 2주 정도 집에서 아이를 키웠다. 되도록 어머니가 아이를 키우도록 하고 그게 안 되면 집에서 숙식을 함께 하며 아이를 돌봐주는 입주 아이돌보미를 구하고 그것도 여의치 않으면 육아휴직을 하고 공무원 시험 준비를 할까 하는 생각도 했다.

 내가 아이를 입양한 것은 어머니 때문이기도 했다. 어머니는 아무 낙이 없었다. 친정 식구와의 관계도 거의 끊어지고 자식들과도 관계를 제대로 형성하지 못해 늘 서먹서먹했으며 즐기는 취미도 친구도 없었다. 불행한 결혼 생활 때문에 다른 모든 인간관계가 단절되었는데도 오히려 그 때문에 이혼도 못했다. 자식들이 다 독립하고 나자 아버지와의 파괴적인 관계가 어머니에게 남은 유일한 관계였기 때문이다. 부모님은 노후 준비를 하지 못했기 때문에 경제적으로도 형편이 좋지 않았다.

어머니가 손주를 돌보며 보육비를 받으면 정서적으로나 경제적으로나 서로에게 좋았다. 어머니는 조카들을 한동안 돌보기도 했으나 곧 그만둘 수밖에 없었다. 어머니는 자식들과도 서먹했으므로 며느리나 사위와 잘 지내기는 훨씬 더 어려웠다. 손주들은 자식들보다도 더 어머니와 사이가 서먹서먹했다. 손주들은 성장하면서 어머니와 더더욱 멀어졌고 명절에만 잠깐 얼굴을 보는 것 외에는 아무런 교류도 하지 않게 되었다.

어머니는 자식 중 배우자가 없는 나를 가장 편하게 여겼다. 뭔가 의논할 게 있으면 가장 먼저 나에게 연락하는 편이었다. 사위가 없는 딸 집에서 손주를 돌본다면 마음 편히 아이에게 정을 붙일 수 있을 것이었다. 어머니는 더위를 많이 타서 여름에는 거의 벗고 지냈으므로 사위나 며느리가 있으면 몹시 불편할 수밖에 없었다. 실제로 어머니가 내 아이들을 키워줄 때 여름밤에 퇴근해서 집에 오면 어머니와 아이들은 화제의 MBC 다큐멘터리 〈아마존의 눈물〉에 나오는 나체로 생활하는 부족처럼 거의 벌거벗은 상태였다. 어머니가 내 집에서 아이를 키우면서 정을 붙이면 남편을 떠날 수 있는 내면의 힘을 키울 수 있을 거라고 생각했다.

부모님이 반대할 것이 뻔했으므로 나는 입양 전에 부모님에게 알리지 않았다. 아이를 입양하려면 가족 상담이 필수였기 때문에 대신 남매를 동원했다. 아이를 인계받자마자 주민센터로 달려가 출생신고를 한 것은 어머니가 아이를 다시 데려다주라고 할 것이 뻔했기 때문이다. 어머니는 입양 사실을 알게 되자 당장 돌려주라고 펄펄 뛰었다. 나는 출생신고를 했으므로 아이를 버리면 내가 경찰에 잡혀간다고 얘기했다.

　마침 추석 연휴였다. 나는 아기를 부모님 집에 데려갔다. 어머니는 아기를 본체만체했으나 사랑스러운 아기에게 눈길이 가지 않을 수가 없었다. 나는 연차가 끝나면 직장에 복귀할 예정이었고, 어머니가 아기를 돌봐주지 않으면 입주 아이돌보미를 구할 거라고 말했다. 어머니는 결국 내가 직장생활을 제대로 하지 못하게 될까 봐 아기를 돌봐주기로 했다.

　어머니는 무뚝뚝하고 사랑을 표현할 줄 몰랐다. 어린 시절을 떠올리면 어머니가 나에게 소리를 지르고 욕설을 퍼붓고 때린 기억이 많았다. 과중한 부담 속에서 스트레스가 극에 달해 자식들에게도 몹시 신경질적이었다. 초등학교만 간신히 졸업한 어머니는 구어체 문화에 속한 사람답게 욕에 대한 어휘력이 엄청났다. 자식들은 욕의 향연이 펼쳐지는 조정래의 소설 『태백산맥』에도 나오지 않는 온갖 엽기적이고 즉흥적인 욕설을 들으며 자랐다. 우리 사남매는 자식들에게 무관심한 아버지보다 독설과 저주를 퍼붓는 어머니 때문에 직접적으로는 더 큰 상처를 받았다. 나는 성인이 된 이후에도 내 아이를 어머니에게 맡길 일은 절대 없을 거라고 생각했다.

그러나 어머니는 늙어가면서 성질이 많이 누그러졌다. 과거처럼 스트레스를 받을 일이 많지 않았고, 어머니를 무시하며 밖으로만 나돌던 아버지는 집에서 종일 TV를 보며 어머니에게 하나에서 열까지 수발을 들도록 강요했지만 늙고 병들어 예전만큼 위협적이지는 않았다. 어머니는 자식들이 다 떠난 집에서 외로움에 시달리다 보니 사람을 그리워하게 되고 과거보다 한결 부드러워졌다. 그러나 마음에 걸리는 것은 어머니의 위생 관념이었다. 내가 성장하면서 부모님 집에서 하루빨리 탈출하고 싶었던 이유 중 하나는 바퀴벌레 때문이었다. 나는 바퀴벌레가 없는 집에서 살고 싶었다.

다행히 어머니는 나의 주의사항을 귀담아듣고 우리집에서는 상당히 위생에 신경을 썼다. 더 놀라운 것은 아기를 대하는 어머니의 태도였다. 어머니는 아기를 어르고 달래고 극진한 애정을 표현하고 편안하게 노닥거리면서 자식들에게는 한 번도 보여주지 않았던 사랑이 넘치는 모습을 보여주었다. 어머니는 막상 자신이 낳은 아이들을 키울 때는 시집살이에 시달리고 농

사일과 집안일, 나중에는 남편 대신 생계를 위한 노동에 시달려서 자식들과 한가롭게 시간을 보내며 애정을 표현할 여유가 없었을 것이다. 어머니가 그런 걸 할 줄 모르는 사람이 아니라 그럴 시간적, 정신적 여유가 없었던 것이다.

버락 오바마는 어느 날 엘리베이터에서 젊은 흑인 남성과 마주친 할머니가 흠칫 놀라며 경계하는 것을 보았다. 흑인 남성 하면 바로 범죄자를 연상하는 편견에서 할머니 역시 자유롭지 않았다. 그러나 백인 할머니는 흑인 손자를 이 세상 누구보다도 아끼고 헌신적으로 돌봐 대통령으로 키워냈다. 혈연을 몹시 중시하는 전통적인 편견으로 가득했던 어머니는 아무런 혈연관계가 없는 우리 아이들에게 아낌없는 사랑을 주었다. 인간이 살아오면서 쌓아온 모든 고정관념과 경험의 한계를 넘어서게 해주는 것, 그것이 바로 사랑의 힘이다. 사랑은 딱딱하게 굳어 있는 마음을 녹여 진정한 변화로 이끈다.

☆ ☆

둘째 입양 역시 어머니가 반대할 것이 뻔했기에 남매들과만 얘기하고 입양을 추진했다. 어머니는 내가 첫째를 입양하고 나서도 줄곧 결혼해서 아이의 아빠를 만들어 주라고 했다. 심지어 첫째에게 '아빠를 만들어 주세요.'라고 나에게 말하도록 했다. 결국 내가 둘째를 입양하고 나서야 어머니는 내가 결혼하지 않을 것임을 받아들였는지 더이상 그런 얘기를 하지 않았다.

내가 중학생 때 친구 엄마가 재혼하며 고등학생 아들과 중학생 딸을 단칸방에 내버려 둔 채, 초등학생 막내만 데려갔다. 그 친구 오빠는 어려운 형편에도 공부를 잘하는 장학생이었다. 몇 년만 더 고생하면 되는데, 남은 자식들의 생계 대책을 전혀 마련해놓지 않고, 자기와 막내 아이만 쏙 빠져나가는 게 이해되지 않았다. 그 친구는 곧 가출했고 학교에도 나오지 않았다.

나는 중학생 때부터 어머니에게 줄곧 아버지와 이혼하라고 얘기했다. 아버지만 없으면 우리 가족은 행복하게 살 수 있었다. 그러나 어머니는 이혼하지 않았고, 자식들은 독립을 할 만한 심리적 안정감과 물질적 기반을 갖추지 못한 상태로 도망치듯 사회에 진출하며 갖은 고초를 겪었다. 불행한 본가에서 벗어나려다가 불행한 결혼 생활로 직행하기도 했다. 그렇게 불행이 대물림된다. 어려서 충분한 사랑을 받지 못한 사람들은 늘 정서적 허기를 채워줄 새로운 가족을 만들고 싶어 하지만, 이성과의 결혼을 통해서만 가족을 만들 수 있다는 고정관념 때문에 덫에 걸리기도 한다. 어머니는 온갖 고생을 하며 자식들을 먹이고 공부시켰지만, 아버지와 헤어지지 않아 자식들을 안

전하게 보호하는 데는 실패했다. 배우자가 아이의 안전과 복지를 가장 위협하는 대상인 경우는 드물지 않다. 엄마, 아빠가 모두 있어야 정상적인 가족이라는 생각 자체가 아이들에게 해를 끼친다.

어머니는 자신의 결혼 생활이 실패했다는 걸 잘 알고 있으면서도 왜 자식들에게 꼭 결혼하라고 했을까? 어머니 주변 사람 중에는 결혼해서 잘 풀린 사람들도 있고, 그렇지 않은 사람들도 있다. 우리나라의 높은 이혼율, 누가 봐도 이혼하는 게 더 나을 것 같은데도 이혼하지 않는 사람들의 비중을 고려하면 대략 결혼의 절반은 실패로 귀결되는 것 같다. 절반의 성공률은 반드시 인생을 걸 만한 높은 확률은 아니다.

결혼의 리스크는 큰데 헤지할 방법도 마땅치 않다. 경제 관념에 문제가 있는 배우자에게 엮이지 않기는 어렵다. 결혼 생활의 주도권을 쥐고 있다고 믿었던 남성들조차 이혼하고 나서도 배우자의 빚을 계속 갚아야 하는 상황에 빠지기도 한다. 더욱이 우리나라는 상대방이 동의하지 않으면 이혼할 수 없다. 동의하지 않는데도 이혼하려면 상대가 엄청나게 나쁜 짓을 했다는 것을 입증해야 하고, 그 과정에서 어마어마한 에너지를 소모하고 갖가지 갈등을 겪게 된다. 이혼하면 해코지할 거라고, 혹은 자살할 거라고 암시함으로써 배우자가 이혼할 엄두를 못 내게 하는 사람들이 있다. 혼자 살기 어려운 미성숙한 배우자가 걱정되어 헤어지지 못하는 사람들도 있다. 어머니는 정신 연령 면에서 결코 성인이 되지 못한 비장애 성인 남성을 돌보는 데 인생 대부분을 바쳤다. 그 대신 어머니가 진짜 도움이 필요한 불우한 계층에게 박애정신을 발휘했다면 훌륭한 자선가가 되었을 것이다.

나는 아이들을 입양해 안정된 가족을 이룸으로써 확실한 행복을 손에 넣었다. 다만 직장생활과 병행하느라 보육을 도와줄 다른 사람들이 필요했고, 아이들과 충분히 많은 시간을 보내지 못했을 뿐이다. 결혼했어도 마찬가지 상황이었을 것이다. 남성이 전업주부가 되는 경우는 거의 없고, 나 역시 전업주부가될 생각이 없었으니까. 결혼했다면 변수가 추가되어 남편이 어떤 사람인지, 부부관계가 어떠한지에 따라 나와 아이들의 복지가 좌우되었을 것이다. 이미 행복한 상태에서 굳이 변수를 추가하는 것은 매우 신중해야 할 일이다.

자신의 불행한 결혼 생활, 나와 아이들의 행복한 삶을 보면서도 어머니는 누구나 반드시 결혼해야 하고 아이에게는 엄마와 아빠 둘 다 필요하다는 고정관념에서 벗어나지 못했다. 그만큼 정상가족 이데올로기는 강력하다. 어머니는 첫째에게 나를 '엄빠'라고 부르라고 시키기도 했다. 엄마, 아빠 역할을 동시에 한다는 의미에서다.

☆ ☆

둘째를 입양하자 어머니는 격노해서 우리집에 오지 않았다. 역시 나는 그해 남은 연차를 다 쓰면서 아이돌보미를 고용했다. 연차를 다 쓰고 나서는 육아기 근로시간 단축을 신청해 두 시간 늦게 출근했다. 당시 회사는 포괄임금제를 적용하고 있어 근무시간은 두 시간 줄었지만, 임금은 절반 이하로 떨어졌다. 포괄임금제란 임금에 온갖 야근과 휴일근무수당이 다 포함되어 있다는 개념이다. 가령 급여가 100만 원이라면 원래는 60만 원인데, 20만 원은 야근 수당, 20만 원은 휴일근무수당이라는 식이다. 초과근무수당을 주지 않으려는 임금제인데, 회사에는 야근을 별로 하지 않는 사람들도 많고, 초과근무를 정규 업무 시간만큼 하는 나 같은 사람들도 많아 불공평했으나, 평소에는 별로 신경 쓰지 않았다. 그런데 시간제로 계산하게 되니 부장인 내 임금이 사원급 수준으로 적용되었고, 거기서 하루 두 시간에 해당하는 급여가 차감되었다.

회사 대표는 입양을 축하하며 엄청난 양의 기저귀를 집에 보내주었다. 사적인 선의와 공적인 악의가 이처럼 공존하는 경우는 흔하다. 개인적 선행만으로는 세상을 바꿀 수 없다. 기울어진 운동장에서 약자들에게 힘을 실어주고 애초부터 약자로 전락하는 사람들을 최소화하는 제도적 장치를 마련하기 위해 정치가 필요하다.

수년이 흐른 후, 고용노동부의 「모성보호와 일·가정 양립 지원 업무편람」(2018년 6월)을 보니, 포괄임금 적용시 시간외수당이 시간외근로 여부와 무관히 지급되었다면, 시간외수당을 포함하여 근로시간에 비례해서 급여를 산정해야 하고, 시간외수당 전체를 제외하면 안 된다고 되어 있었다. 이를 적용한다면 초과근무를 적게 한 달과 많이 한 달의 급여가 동일했다는 점을 근거로 시간외수당을 포함한 급여를 통상임금으로 적용해 달라고 할 수 있었을 것 같다. 더 나아가 포괄임금제를 적용하는 직장에 다닐 때 초과근무를 전혀 하지 않는다면 시간외수당을 모두 통상임금으로 인정받을 수 있으니 자발적으로 초과근무를 많이 하는 노동자들만 손해다. 어쨌든 회사에 다니며 애를 키우기도 힘든데, 동시에 회사와 법적 분쟁을 진행하는 것은 퇴사할 생각이 없는 상태에서는 참 어려운 일이다.

아이돌보미는 아침 9시부터 오후 7시까지 둘째를 돌보았다. 네 살인 첫째는 어린이집에 다니고 있어 등원은 내가 시키고, 5시쯤 아이돌보미가 하원시켜 두 시간 정도 돌보았다.

두 달 정도 지났을 때 아이돌보미가 무단결근해서 나는 인트라넷으로 긴급하게 연차를 신청했고 중요한 미팅에 참석하지 못했다. 그때까지 아이 양육과 관련해서 회사 업무에 지장을 준 일이 한 번도 없었으므로, 나는 몹시 낙담했다. 마침 해가 바뀐 시점이라 새로 생긴 연차가 많았다. 나는 아이돌보미와 얘기하고 계약을 해지했다. 연차를 다 쓰면 새로운 아이돌보미를 고용할 때까지 여성가족부의 아이돌봄서비스를 이용할 생각이었다. 연차를 쓰던 중 마침 둘째의 어린이집 입소가 확정되었고, 어머니도 마음이 풀려 아이들을 다시 돌봐주기로 했다. 어머니가 마음을 돌린 이유는 아이돌보미에게 월급으로 주는 돈이 아까워서이기도 했다. 남에게 목돈이 나가는 게 싫었던 것이다. 둘 다 어린이집을 다니게 되니 등원 전 한두 시간, 하원 후 몇 시간만 돌보면 되어 어머니의 부담도 많이 줄었다.

13개월인 둘째는 어린이집에 가기에는 좀 일렀다. 그래도 첫째가 다니는 어린이집에 다니니 훨씬 안심이 되었다. 말 못 하는 아이는 학대를 당해도 부모가 알기 어렵다. 첫째에게 늘 동생을 잘 살피라고 일렀다.

어머니는 둘째가 못생기고 키가 작다고 자주 놀렸다. 나는 그걸 상쇄하기 위해 둘째에게 늘 예쁘다는 칭찬을 쏟아부었다. 둘째는 아직까지 기억하고 있지만, 더이상 문제가 되지 않는다.

무엇보다 키가 또래보다 훨씬 크고 늘씬해서 할머니의 말이 틀렸다는 게 지금은 너무나 명백해졌다. 둘째가 못생겼다는 것도 말이 안 된다. 외모를 꾸미는 데 관심이 많은 둘째는 스스로 예쁘다고 생각한다. 자신이 예쁘고 매력적이라고 생각해서 그렇게 행동하면 진짜 그렇게 된다.

시간이 흐르면서 둘째도 할머니와 친해졌다. 할머니를 모방해서 노인처럼 행동할 때가 많았고, 짭짤한 육수를 숟가락으로 떠먹으며 간이 잘 맞는다고 흡족해했다. 할머니의 막걸리를 한 모금씩 훔쳐 마시기도 했다. 어머니는 첫째보다 둘째가 더 영리하고 실속 있다고 얘기하곤 했다.

아이들이 다닌 구립 어린이집은 복지관 부설이었는데 명절이나 주요 행사 때는 노인들도 함께 참여하는 프로그램을 진행했다. 우리 아이들은 할머니 손에 컸을 뿐만 아니라, 복지관에서 노인들과 함께한 경험이 많아 노인들에게 친근감을 느끼고 우호적이다. 튼튼한 성인 중심으로 돌아가는 이 세계에서 받기만 하는 아이들은 자신보다 더한 약자가 있다는 걸 알기 어렵다. 그러나 우리 아이들은 자신들이 계단을 뛰어 올라갔다 내려갔다 하며 장난을 치는 동안, 다리를 질질 끌며 힘겹게 한 계단 한 계단 오르는 노인의 고통을 자연스럽게 이해한다. 아이들과 노인들은 서로에게 힘이 되고 희망을 주는 존재다.

아이들이 둘 다 구립 어린이집에 입소한 후에는 내가 7시 30분에 아이들을 맡기고 출근했으므로 어머니는 저녁에만 돌보게 되었다. 어머니가 첫째를 종일 돌볼 때에도 아이 목욕과 집안일은 내가 전담했다. 빨래는 잔뜩 모아놓았다가 일주일에 두 번만 했는데, 그중 한 번은 어쩔 수 없이 심야에 세탁기를 돌려야 했다. 아래층 사람이 소음에 민감했다면 층간소음 분쟁으로 쫓겨났을 것 같다.

야근이 쉼 없이 계속되던 때에는 아이가 잘 때 출근해서 잘 때 퇴근하다 보니 주말에만 아이의 머리를 감겨주다 머릿니가 생긴 적도 있다. 아이의 어깨로 통통한 이가 뚝뚝 떨어지는 것을 보고 기겁을 했다. 나는 약국에서 이를 없애는 약을 사다가 여러 번 아이들의 머리를 감기고 내 머리도 감았다.

어머니가 아이를 돌보는 시간에도 일주일에 두세 번, 두세 시간씩만 아이돌보미나 가사도우미를 고용하자고 제안했다. 그러나 어머니는 누군가를 고용해서 일을 시키는 것을 불편해했다. 늘 남에게 고용되어 일했던 어머니는 자신의 필요를 위해 다른 사람을 고용한다는 개념 자체를 받아들이지 못했다. 나중에 아버지가 사망하기 전, 몸을 움직이기 어려운 노인이나 장애인에게 목욕 서비스를 제공하는 목욕차를 부르자는 자식들의 제안도 거부해서 아버지는 오랫동안 씻지 못하고 지냈다. 당연히 요양보호사를 부르자고 해도 펄펄 뛰었다. 어머니는 남이 자신의 생활공간에 머무르는 것, 낯선 사람과 엮이는 것 자체가 싫었던 것이다.

그래서 나는 야근이 잦은 상황에서도 육아와 집안일에서 헤어나지 못했다. 아이들이 잠들기 전에 집에 오면, 재빠르게 아이들 목욕부터 시켜야 했다. 밤늦게 퇴근해도 빨래를 해야 했고, 주말에는 대청소를 해야 했다. 그러면서 간혹 주말에 어머니 몰래 시간제 아이돌보미를 고용해서 회사일을 하기도 하고 영화를 보러 가거나 수영장에 가기도 했다.

☆ ☆

어머니를 아버지에게서 떼어놓겠다는 내 계획은 실패했다. 어머니는 내가 드리는 보육비와 다른 남매가 드리는 용돈으로 아버지를 부양했고, 결국 아이들 대신 거동이 다소 불편해진 아버지를 전적으로 돌보는 것을 선택했다. 수년이 흘러, 평생 어머니를 한 번도 돌보지 않았던 아버지는 어머니의 극진한 보살핌 속에서 세상을 떠났다. 몇 년 떨어져 있는 동안, 아이

들은 몰라보게 성장했고, 어머니와 공유할 게 별로 남지 않았
다. 어머니와 아이들이 예전처럼 친밀해지려면 시간과 노력이
필요하다.

본성과 양육

사람은 얼마만큼 유전으로 결정되고 어느 정도나 환경에 좌우되는 것일까?

첫째는 머리숱이 많고 손발이 큰 편이었다. 이런 특징은 시간이 흐를수록 뚜렷해졌다. 나는 손발이 솥뚜껑 같다고 아이를 놀리곤 했다. 그게 재미있었는지 둘째도 언니를 솥뚜껑이라고 놀렸다. 반면 둘째는 손발이 아주 작아 인형 같았다. 머리숱이 워낙 적고 느리게 자라서 서너 살 때까지도 남자애라고 혼동하는 사람들이 많았다. 둘 다 속눈썹이 아주 긴데, 미세먼지가 많은 현대 사회에 적응하느라 요즘 아이들이 그렇게 진화했다는 설도 있지만 별로 과학적인 근거는 없는 얘기라고 한다. 특히 첫째는 속눈썹 색깔이 아주 진해서 꼭 마스카라를 칠한 것처럼 보인다.

아이들을 관찰하면 외모뿐만 아니라 성격도 타고난다는 것을 알게 된다. 첫째는 소위 말하는 순한 기질을 타고났다. 별로 가리는 게 없었고, 잘 울지도 않았다. 어머니는 나와 첫째가 무척 비슷하다고 했다. 어머니에 따르면 나는 어렸을 때 아무거나 잘 먹고 잘 자고 아프지도 않고 다쳐도 울지 않았다고 한다. 그냥 내버려 둬도 혼자 잘 크는, 키우기 아주 쉬운 아이였다고 한다. 내가 워낙 우는 일이 드물었기 때문에 어른들은 일부러 내 머리를 쥐어박고 우나 안 우나 실험하기도 했다. 성인이 될 때까지 내가 병원이라는 곳에 간 적은 초등학교 1학년 때 중이염으로 간 게 전부였다. 당시 우리집은 의료보험이 없었기 때문에 정말 큰일이 아니면 병원에 갈 일이 없었다.

그러나 내가 무뚝뚝한 데 반해 첫째는 웃음이 많았다. 어머니는 첫째를 "즐거움을 아는 애"라고 표현했다. 갓난아기가 표정이 다양해서 종일 함께 있어도 심심하지 않다고 했다. 내가 보기에도 인생이 아주 즐거운 아이였다. 한 번은 어른들끼리 공을 주고받고 노는데 아이가 깔깔대고 웃었다. 우리는 영문을 모르면서도 아이가 좋아하니까 계속 공을 주고받았는데 뭐가 그렇게 재미있는지 공을 던지고 받을 때마다 자지러지듯 숨넘어가게 웃어댔다. 서너 살에 놀이터에 가서 계단을 오르는 게 어렵거나 도움이 필요하면 너무나 자연스럽게 다른 아이들에게 손을 내밀며 생글생글 웃으면서 "언니!" "오빠!"를 연발했다. 어머니는 "여시 같은 게 사람을 녹인다"고 표현했다.

나이가 들면서 아이는 시크하고 쿨한 면모가 두드러지며 장난꾸러기 소년처럼 행동했다. 나는 휘파람을 불지 못하는데, 첫째는 아무렇지도 않게 장난스런 표정으로 휘파람을 불었다. 운동장 모래 위에 패딩점퍼를 깔고 앉아 놀고 있는 걸 보면 속이 뒤집혔다. 놀이터 바닥에 엎드려서 노는 일도 예사다. 외모를 꾸미는 데 관심은 많지만, 실제로 꾸미는 데 수고를 들이기는 워낙 귀찮아서 주로 트레이닝복을 걸치고 다닌다.

사람을 잘 사귀는 것은 여전하다. 한번은 버스 정류장에 함께 가는 길에 아이가 서둘러 가길래 일부러 거리를 두려 하는 것 같아 몇 걸음 떨어져서 관찰했다. 정류장 벤치에서 아이는 중학생쯤으로 보이는 여자애 옆에 앉더니 노트를 꺼내 보는 척하면서 말을 건넸다. 뭔가 공통의 화제를 제시해서 말문을 튼 다음 스스럼없이 그 언니와 어울리고 함께 버스에 올랐다. 아마도 버스 정류장에서 몇 번 그 언니를 보고 나서 사귀어야겠다고 생각한 후 실행에 옮긴 것 같았다.

둘째 역시 사람들을 좋아하고 잘 놀았다. 아이들을 놀이터에 풀어놓으면 모르는 아이들과 금방 친해져서 놀곤 했다. 둘째는 무엇보다도 예쁨을 받고 싶어 했다. 선생님들에게 잘 보이려고 하고 칭찬받고 싶어 했다. 또래들 사이에서 갈등이 있으면 무척 속상해하며 억울함을 토로하기도 했다. 첫째가 사람들을 좋아하면서도 남들의 평가를 크게 의식하지 않는 반면, 둘째는 사람들의 반응에 민감했다. 첫째를 혼내면 씩 웃으며 "잘못했습니다. 다신 안 그러겠습니다."라며 대수롭지 않게 넘어갔지만, 둘째를 혼내면 삐치고 토라진 아이를 어르고 달래느라 한참 동안 신경전을 벌여야 했다. 다행히 아이가 얼크러진 감정을 수습하고 먼저 사과하는 태도를 연습하면서 그런 신경전을 벌이는 횟수나 시간이 현격하게 줄어들었다.

나는 첫째가 여섯 살, 둘째가 세 살 때 이사를 했고, 첫째가 아홉 살, 둘째가 여섯 살일 때 또 이사했다. 아이가 여섯 살일 때 이사한 건 같은 어린이집 졸업생 중 상당수가 같은 초등학교에 입학하므로 그 나이에 이사하면 어린이집에 적응할 시간도 충분하고 그런 상태에서 초등학교에 입학하면 학교생활 적응도 쉬워지기 때문이다. 이사 시기가 더 늦으면 아이가 어린이집과 학교 양쪽에 적응하기가 힘들어진다. 아예 이사를 안 하면 좋겠지만, 이사를 꼭 해야 한다면 시기가 중요하다.

그런데 똑같이 여섯 살일 때 이사했어도 반응은 정반대였다. 첫째는 새로운 어린이집에 금세 적응해서 즐겁게 생활했는데, 둘째는 이사 후 거의 1년간 이전 어린이집 친구들이 보고 싶다고 우는 일이 많았다. 밤에 자려고 하는데 "왜 이사했어? 친구들이 보고 싶어."라고 흑흑 흐느껴 울면 심란하기 짝이 없었다. 이전 어린이집에서는 친구들과 자잘한 갈등이 있어서 내게 하소연할 때가 종종 있었다. 새로운 어린이집에서는 새로 만난 친구들과 잘 놀았고, 간혹 갈등을 호소하기도 했다. 겉으로 보기에는 이전 어린이집 친구들과 더 가깝게 지낸 것 같지도 않았고 새로운 친구들과 잘 어울리는 것 같았는데 왜 예전 친구들을 그렇게 그리워하는지 의문이었다. 첫째는 초등학교 2학년 때 이사했을 때도 새로운 학교에 금방 적응했다. 간혹 이전 학교 친구들이 보고 싶다고 해서 주말에 몇 번 만나기도 했는데, 보고 싶어 할 뿐 그 때문에 슬퍼하지는 않았다. 둘째는 현재 2학년인데, 성인이 될 때까지는 절대 이사하면 안 될 것 같다.

둘째는 아기 때부터 연기의 달인이었다. 관심을 끌고 싶거나 요구사항을 관철하고 싶으면 대성통곡을 하는 척하면서 살살 눈치를 살폈다. 우리 가족은 둘째가 아카데미 여우주연상감이라고 놀리곤 했다. 예뻐해 주면 토라진 표정이 한순간에 바뀌면서 몸을 배배 꼬며 좋아서 어쩔 줄을 몰랐다. 애교가 철철 넘치는 둘째는 온갖 애정 공세를 통해 무뚝뚝한 엄마에게서도 기어이 애정 표현을 이끌어 내곤 했다.

어머니는 둘째 마음속에 "영감이 들어 있다."고 했다. 유아 때부터 종종 세상사에 통달한 노인처럼 얘기해서 사람을 깜짝깜짝 놀라게 했다. 학교의 돌봄교실 선생님조차 1학년인 아이가 5, 6학년 학생처럼 얘기한다고 말하기도 했다. 희한한 일은 둘째가 말문이 늦게 트였다는 것이다. 당시 어린이집 선생님은 어쩌다 나를 만나면 아이가 말이 늦지만 걱정하지 마시라고 얘기하곤 했다. 나는 모든 면에서 아이의 발달에 문제가 없다고 생각했으므로 전혀 걱정하지 않았다. 실제로 둘째는 말문이 늦게 트이긴 했지만, 한번 말문이 트이자 청산유수처럼 말을 쏟아냈다. 말을 못할 때도 그처럼 많은 생각을 하고 있었던 걸까? 아이가 세상사에 대해, 친구들과의 복잡미묘한 관계에 대해 시시콜콜한 얘기를 들려줄 때면, 내가 유아와 대화하는 건지, 사춘기 소녀와 얘기하는 건지 헷갈릴 정도였다.

둘째는 등이 가렵다고 긁어 달라고 하는 경우도 많고, 계단을 오르다 말고 다리가 아프다고 하기도 한다. 어쩌면 외할머니를 흉내 내는 것인지도 모른다.

어찌나 잔소리가 심한지 주의시킨 적도 여러 번 있다. 첫째도 잔소리를 많이 했기 때문에 나는 아이들도 어른들처럼 잔소리가 심하다는 것을 알게 되었다. 첫째는 잔소리를 할 때 "어허"라는 감탄사를 함께 내뱉어서 대감마님 포스를 보여주었다. 어쩌면 둘 다 내게서 잔소리를 배웠는지도 모른다. 그러나 두 아이의 잔소리는 차원이 달랐다. 둘째는 말도 못하고 걷지도 못할 때부터 잔소리를 시작했다. 내가 맨발로 있으면 엉금엉금 기어가서 양말을 가져다주고 발을 가리키며 '빨리 양말 신어!'라는 몸짓을 했다. 현관에 신발이 어지럽게 널려 있으면 못마땅한지 기어가서 가지런히 정리해 놓기도 했다. 엄마와 언니가 하는 행동이 마뜩잖으면 당장 둘째의 집요한 잔소리가 시작된다. 내가 첫째에게 잔소리를 하면 곧바로 둘째의 핀잔과 잔소리도 이어지므로 나는 "엄마가 이미 혼내고 있으니까 너는 이제 그만!"이라고 중지 신호를 보낸다.

첫째와 둘째의 차이는 태어난 순서와도 관련이 깊을 것이다. 어느 집이나 첫째는 가족의 절대적인 사랑을 받고 자란다. 그러나 둘째는 처음부터 양육자가 모든 관심과 자원을 쏟아 키운 강력한 경쟁자를 의식하며 자라게 된다. 첫째는 초보 양육자로서 조심조심 키우지만, 둘째는 좀 더 능숙하게 긴장이 풀어진 상태로 키운다. 양육에 쏟을 수 있는 시간과 에너지는 첫째만 키울 때보다 훨씬 더 제한된다. 우리 아이들 역시 원래 타고난 기질 외에도 이러한 성장환경의 차이에 영향을 받았을 것이다.

☆ ☆

둘 다 운동 신경이 발달했고 춤추는 걸 좋아했다. 첫째는 문화센터에서 발레와 방송댄스 수업을 오랫동안 수강했다. 네 살때부터 발레를 배웠는데 처음부터 동작 하나하나가 정확해서여러 아이 중에서 단연 눈에 띄었다. 둘째도 발레와 방송댄스를 수강했지만, 여러 사정으로 도중에 중단되었다. 코로나19 위기로 2년 동안 아이들이 학교 수업은 물론 다양한 예체능 활동을하지 못했는데, 향후 큰 차이로 나타날 수도 있을 것 같다. 첫째는 여섯 살부터 열 살까지 토요일마다 영어 뮤지컬 수업을 받았다. 나는 첫째가 네 살일 때부터 매주 토요일 오후는 늘 아이들이 다니는 문화센터가 있는 대형마트에서 시간을 보냈다.

첫째는 자치구의 청소년뮤지컬 단원으로도 활동했는데 많이 해봐서 그런지 또래 아이들의 춤 연습을 주도하기도 했다. 오랜 연습 끝에 마스크를 쓴 채 무관중 공연을 하고 유튜브로중계했다. 첫째는 피아노, 우쿨렐레, 바이올린, 플롯 등을 배웠는데 어떤 악기든 금방 익혔다.

둘째도 같은 영어 뮤지컬 수업을 받고 있지만 팬데믹 상황에서 수업이 여러 번 중단되고 제약을 받았다. 언니처럼 무대에서는 게 익숙해서 어린이집 졸업 공연에 자원해서 첫째는 리코

더를 불고 둘째는 반주에 맞춰 노래를 불렀다.

둘째는 소근육이 발달해서 아기 때부터 섬세한 손동작을 잘했다. 집안일을 돕는 것도 좋아해서 나는 둘째에게 버섯 같은 식재료 다듬는 일을 시켰다. 첫째에게는 설거지를 시키고 둘째는 빨래를 분류하거나 옷을 정리하는 일을 시켰는데, 첫째는 설렁설렁 제대로 하지 않아 다시 해야 하는 경우가 많은 반면, 둘째는 무슨 일이든 정확하고 꼼꼼하게 했다. 첫째는 물건을 잃어버리거나 중요한 사항을 잊어버리는 일이 잦았고 둘째는 그런 경우가 거의 없었다.

둘째는 일곱 살이 넘은 후에는 재료만 준비해 주면 김밥이나 유부초밥도 혼자 잘 만들었다. 과일이나 채소를 칼로 써는 일도 좋아해서, 나는 아이가 하기 힘든 부분만 내가 하고 나머지 작업은 둘째에게 맡기기도 했다. 여자애들이라서 그런지 지금까지 키우면서 안전사고는 거의 없었다. 아기 때부터 안전한지 위험한지 기가 막히게 간파하고 조금이라도 위험한 짓은 절대 하지 않았다. 그래서 내가 지켜보고 있는 상태에서 아이들이 날카롭지 않은 과일칼을 사용하는 것은 허용했다. 나는 애들이 아기일 때 바닥에서 아무거나 집어먹을까 봐 걱정했지만, 그런 일은 일어나지 않았다. 먹다가 바닥에 떨어뜨리면 자기는 절대 먹지 않고, 집어서 나에게 먹으라고 주었다.

둘 다 집중력이 높고 영리하지만, 둘째는 뭔가 가르치려 하면 자꾸 딴소리를 해서 애를 먹였다. 둘째는 실패할 때 좌절감을 크게 느끼므로 쉬운 것부터 잘하게 해서 성취감을 느끼게 하도록 애썼다. 한글을 익힐 때도 수학을 익힐 때도 모르는 것을 시도하는 걸 꺼려서 가르치는 게 참 힘들었다. 뭐든 잘해야 재미를 느끼게 되는데 처음부터 잘할 수는 없다. 둘째는 잘하게 되기까지, 못하는 공부를 일단 시작하게 만드는 게 너무나 어려운 과제였다. 칭찬에 민감하므로 어마어마한 칭찬 세례로 난관을 뚫고 나갔다.

첫째는 자발적으로 정리하는 일이 거의 없고 늘 주변을 어질러 놓는다. 다정한 둘째는 늘 나와 함께 지내므로 자기 방이 없고 첫째만 방이 있는데 가만히 내버려 두면 혼돈 그 자체가 된다. 상태가 심할 때는 스스로 정리하기가 거의 불가능하므로 내가 정리하고 그렇지 않을 때는 되도록 어지르지 않도록 주의를 시킨다. 지저분한 걸 별로 개의치 않는 첫째의 점퍼 호주머니나 가방에는 쓰레기가 들어 있을 때가 많다.

첫째는 아기일 때도 집의 모든 서랍을 열고 물건들을 헤집어 놓아 나는 열받은 나머지 첫째를 '난동이!'라고 부르기도 했다. "난동아, 제발 그만 어질러!" 나는 다이소에서 서랍을 못 열게 하는 장치를 잔뜩 사다가 모든 서랍에 부착했다. 몇 년 후 필요가 없어졌을 때 모두 떼어내니 보기 흉한 흔적이 곳곳에 남았다. 어차피 싸구려 가구들이라 별로 신경 쓰지는 않았다. 첫째가 CD와 DVD를 다 바닥에 내동댕이쳐서 대부분의 케이스가 손상되었다. 둘째는 첫째와 비슷한 연령일 때 절대 그런 짓을 하지 않았다. 사실 첫째는 그 외에도 다양한 물건들을 파손했다. 나는 거실에 야외용 그네를 설치했었는데, 첫째가 난동을 부리다가 그네의 철제 봉 하나를 부러뜨렸다. 나는 그네 구입처에 문의해서 봉 하나를 새로 얻을 수 있었는데, 그곳 직원은 여섯 살짜리가 철제 봉을 부러뜨렸다는 걸 믿지 못해 몇 번이나 되물었다. 그 후로 나는 첫째에게 "제발 집을 부수지 말아 주세요."라고 간청하곤 했다. 그러나 목욕하면서 장난치다가 플라스틱 욕조를 부수는 등 난동이 이어졌다.

둘째는 외모에 관심이 많아 어려서부터 미남미녀를 유독 좋아했다. 디즈니 애니메이션 〈라이언 킹〉의 주인공이 잘생겼다고 결혼하겠다고 해서 어이가 없어 "넌 사자랑 결혼할 거니?"라고 대꾸했다. 그러고 보니 '라이언 킹'의 얼굴이 잘생긴 성인 남자의 특징을 따서 만들었다는 걸 깨달았다. 둘째의 얘기를 듣기 전에는 '라이언 킹'이 잘생겼다고는 전혀 생각하지 못했다. 드라마 〈도깨비〉를 보고 둘째가 배우 공유를 아주 좋아해서 공유의 얼굴이 인쇄된 텀블러가 사은품으로 들어 있는 커피 세트를 구매했다. 그랬더니 둘째는 텀블러를 들어 공유의 얼굴 부분을 자기 얼굴 옆에 대고 사진을 찍어달라고 했다. 나는 공유는 아저씨고 네가 어른이 되면 할아버지가 될 것이니 아저씨를 좋아하면 안 된다고 얘기했다. 둘째는 또래 친구 남자애가 자신의 남자친구라고 주장하기도 했는데 요즘은 애들도 서로 '모솔(모태 솔로)'이라고 놀리며 남친이나 여친이 있는 걸 자랑하는 경향이 있어서 남자친구가 그냥 친구와 어떻게 다른지 생각해 보지 않고 그냥 그렇게 우기는 것 같았다. 첫째도 남자친구가 있다고 주장했는데 얼마 전 헤어졌다고 했다. 왜 헤어졌냐고 물었더니 "이사 가서."라는 답이 돌아왔다.

☆ ☆

둘째는 미용사가 되고 싶다고 한다. 외출할 때면 오랫동안 단장하느라 잔소리를 유발한다. 윗옷, 아래옷, 재킷 등을 나름대로 코디해서 옷을 입는 데에도 많은 시간을 들인다. 세뱃돈을 받으면 온라인 쇼핑몰에서 옷과 구두를 사달라고 한다. 머리를 염색해 달라고 조르고 미용 가위로 스스로 머리카락을 자르기도 한다. 그림 그리기나 인형 옷 만들기, 화장이나 머리 매만지는 법을 가르쳐 주는 유튜브 채널을 집중해서 시청하며 따라하기도 한다.

둘째가 몇 년 전부터 미용사가 되고 싶다고 일관되게 얘기하는 반면에 첫째는 최근에야 뮤지컬 배우가 되고 싶다고 했다. 나는 솔직하게 네 목청이나 노래 실력으로는 직업적인 뮤지컬 배우가 되기 어렵다고 얘기해 주었다. 웬만한 직업은 노력하면 될 수 있다. 하지만 스포츠 선수나 가수 같은 직업은 그 일로 밥벌이를 할 수 있는 사람이 극소수이며, 노력만이 아니라 타고난 재능에 크게 좌우된다. 가수에게는 타고난 성량이 중요하기 때문에 연습만으로는 부족하다. 그리고 잘하지 않으면 오랜 시간 연습할 동기도 생기지 않는다. 노래를 아주 잘해도 그걸로 먹고 살기 어려운데, 그렇지 않다면 그냥 취미로 즐기는 게 좋다. 나이가 어려도 목청이 좋고 절대음감이 발달한 아이들이 따로 있다. 목청은 둘째가 훨씬 낫다. 둘째가 원한다면 판소리를 배우는 것도 좋을 것 같다.

유튜브 크리에이터가 되고 싶다고 하기도 하는데, 워낙 유행이라 굳이 우리 아이만 원한다고 볼 수도 없고 대부분은 취미 수준이고 일부만 직업으로 삼으므로 심각하게 받아들이지 않는다. 무엇보다도 매력적인 콘텐츠가 관건이고, 그런 콘텐츠가 있다면 유튜브 방송이 아니라 다른 일을 하는 게 더 나을 수도 있다.

첫째는 수학과 과학을 좋아하는데, 드라마 〈슬기로운 의사생활〉을 열심히 시청한 후, 의사가 되고 싶다고 해서 잘됐다고 생각했다. 사람들을 도와주는 일에 능숙하므로 잘 어울리는 직업 같다. 성적이 최고 수준이어야 하므로 의사가 되기는 쉽지 않다. 그러나 의료 관련 직업은 많고, 인력 수요도 증가하고 있다. 그래서 나는 아이에게 의사만이 아니라 의료 분야의 다양한 직업을 기회가 될 때마다 상기시켜 준다. 아이가 혹시 성적이 조금 모자라거나 막상 의사가 자신이 원하던 일이 아니었다고 깨달을 때도 좌절하지 않고 원하는 일을 찾을 수 있다고 안심시키기 위해서다.

초등 수준의 코딩 교육이나 3D프린팅, 메이커스 프로그램에도 열심히 참여시킨다. 경험해봐야 자신이 그 일에 맞는지 알 수 있고, 또한 그런 방면의 지식이 웬만한 직업인에게 필요한 교양이 되어가고 있기 때문이다. 나는 이모티콘을 디자인해 보라고 꼬드기기도 하고, 아이가 오랜 시간 몰두하는 로블록스(Roblox, 전 세계 초등학생 사이에 선풍적인 인기를 얻고 있는, 사용자 스스로 다양한 게임을 만들 수 있는 메타버스 플랫폼 서비스) 안에 자신의 세계를 창조해 보라고 권하기도 한다.

나는 둘째에게 미용사뿐만 아니라 흥미에 맞는 직업으로 미술 선생님, 코디네이터, 패션 디자이너, 인테리어 디자이너,

시각 디자이너 등도 있음을 제시하며 너무 어린 나이에 관심 분야를 한정하지 않도록 지도한다. 첫째도 그림 그리기를 좋아하며 자신이 캐릭터를 고안해서 만들었다고 보여주기도 한다. 둘 다 늘 자연스럽게 미술 활동을 하는 것은 어린이집이나 돌봄교실 영향이 큰 것 같다. 어린이집이나 돌봄교실은 여러 아이를 한꺼번에 돌보기 위해 그림 그리기나 만들기를 아주 많이 한다.

어렸을 때 유치원이나 학원에 일체 다닌 적이 없는 나는 그림을 그리거나 공예를 배울 기회 자체가 거의 없었다. 언니가 그림 그리기를 좋아했던 걸 보면 비슷한 환경에서도 소질에 따라 다르긴 한 것 같다. 아무튼 학교 미술 시간은 내가 얼마나 그림을 못 그리고 서투른지 증명하는 당혹스럽고 수치스러운 시간이었다.

둘 다 요리를 좋아하므로 요리사도 가능한 직업으로 제시한다. 4차 산업혁명 시대에 인공지능이 대체하기 어려운 미용사나 요리사 같은 일을 아이들이 선호한다는 게 다행인 것 같기도 하다. 요리 시간을 최대한 단축하는 데만 초점을 맞추는 내게서 요리를 배우기는 어려우므로 첫째는 각종 요리 강좌를 수강하게 했다. 둘째는 초등 저학년 시기에 요리를 비롯한 다양한 체험수업을 받도록 하려고 했으나 입학 직전부터 코로나19 방역으로 대부분의 오프라인 강습이 취소되면서 뜻을 이루지 못했다. 다행히 나와는 달리 요리를 즐기는 이모들을 만날 때면 두 아이가 즐겁게 요리에 참여하곤 한다.

☆ ☆

아이를 한 명만 키우면 원래 아이는 그러려니 했을 것 같다. 아니면 아이란 부모의 양육법에 좌우되는 존재라고 생각했을 것 같다. 그러나 두 아이를 키우니 원래 타고난 성향이 중요하다는 것을 알게 되었다. 아이와 상호작용을 하며 양육법도 달라진다. 어디까지가 유전이고, 어디서부터가 환경에 좌우되는 것인지 정확하게 구분하기는 어려워도 사람마다 다른 성향을 타고난다는 것은 분명하다. 타고난 성향이 장점으로 작용하도록 최대한 바람직한 방향으로 이끄는 것이 양육자의 역할이다.

나는 어른이 되고도 한참 지나서야 수영을 배우고 스케이트 타는 법과 자전거 타는 법을 익혔다. 한창 자랄 때 배웠으면 금방 배웠을 텐데 다 늙어서 직장생활 짬짬이 배우느라 애를 먹었다. 피아노는 아직도 칠 줄 모른다. 아마도 은퇴한 후에나 배울 시간이 날까? 시야와 경험이 제한되면 자신이 무슨 일을 좋아하는지 뭘 잘하는지 파악하기 어렵다. 경험한 적이 없어서 흥미를 못 느끼는 건지 원래 안 맞는 건지 알 수가 없는 것이다.

가족 중 여러 명이 의사인 집안에서는 자녀가 자연스럽게 의사가 되고 싶다고 생각하기 쉽다. 지인 중 한 명은 다른 일을 하는 게 상상이 되지 않아 교사가 되었다고 했다. 일가친척이 대개 도시빈민이고 안정된 직업을 가진 사람이 거의 없었는데, 괜찮아 보이는 직업 중 오직 교사만이 학교에서 매일 보는 익숙한 직업이라 자신도 할 수 있을 것 같아서 교사가 되었다는 것이다. 그 사람은 성실하고 헌신적인 교사지만 선생님이 되는 걸 열렬히 원해서가 아니라 그 일 외에는 선택의 여지가 없다고 느껴 교사가 되었다. 다른 직업을 선택했더라면 더 좋았을지는 알 수 없는 일이다.

　　성장기에 넓은 세상을 접하고 몸으로 부딪치며 직접 다양한 체험을 하면 자신의 가능성을 더 잘 파악할 수 있다. 재산을 물려주는 것보다 많은 것들을 시도해 보고 재능과 소질을 계발할 기회를 주는 게 더 중요하다. 특히 앞으로의 세상은 살아가면서 계속 직업과 역할이 바뀌게 될 것이므로 변화에 효과적으로 대응할 수 있는 학습 능력과 유연성이 중요하다. 학습 능력과 유연성은 저절로 생기지 않고 많은 도전과 시행착오, 성취의 경험에서 생겨난다. 우리 아이들은 나처럼 호기심이 많고 새로운 체험에 열려 있다. 어린이집, 문화센터 수업, 학교에서, 각종 학습 프로그램에서 늘 적극적으로 앞장서서 활동한다.

나는 시간이 될 때마다 아이들을 밖으로 데리고 나가 박물관과 각종 행사장을 방문하고 체험 프로그램에 참가하며, 지역 사회 여기저기를 돌아다니고 당일치기 여행이나 1박 2일 여행을 한다. 2019년 나는 아이를 키우는 동안 시도하지 못했던 해외여행을 떠났다. 11년 만의 해외여행이라 웬만해서는 엄두를 내기 어려운 코스로 잡아 아이들과 함께 8박 9일간 북유럽 4개국을 돌았다. 코로나19 팬데믹 직전에 해외여행을 한 것은 신의 한 수였다.

사회적 거리두기로 이동이 제한된 상황 속에서도 우리 가족은 캠핑장과 공원을 돌아다니느라 분주했다. 우리는 주말마다 야외로 나가 인라인 스케이트, 자전거, 롱보드와 스케이트보드를 타느라 바쁘다.

호연지기
교육법

'갑'이 만들어 놓은 더러운 질서를 통쾌하게 뒤흔드는 내용을 담은 독특한 소재의 JTBC 드라마 〈욱씨남정기〉에서 동네 아이가 엄마가 없는 남정기의 아들을 놀리는 것을 본 '욱씨'가 남정기의 아들에게 조언한다. "나는 엄마가 없지만, 너는 싸가지가 없구나!" 이렇게 동네가 떠나가게 호통을 치라는 것이었고, 이 방법은 실제로 효과를 거두어 남정기의 아들을 놀리던 동네 아이는 기세에 눌려 울먹울먹한다.

이 장면이 무척 재미있었는지 함께 드라마를 보던 애들이 이 말을 계속 따라 하며 킬킬댔다. 그래서 나는 이 말을 우리 상황에 맞게 정정해 주었다. "나는 아빠가 없지만, 너는 싸가지가 없구나!" 이렇게 여러 번 큰 소리로 호통치며 아이들은 아주 즐거워했다. 그러나 아빠가 없다고 우리 애들을 놀리는 아이는 지금까지 없었으므로 실제로 이 말을 써먹을 기회는 없었다.

어떤 이들은 아이들에게 아름다운 이상향만 보여주려고 한다. 그러나 세상에는 불가피한 고통과 함께 불필요한 고통, 온갖 악덕과 부조리가 횡행한다. 아름다운 세상만 보고 자란 아이는 나중에 안전한 집안과는 180도 다른 무서운 세상에 잔뜩 겁을 집어먹고 은둔형 외톨이가 될지도 모른다. 상처받지 않는 삶은 불가능하다. 중요한 것은 위험하고 사악한 세상에 현명하게 대처하는 법을 터득하고, 핸디캡을 극복하는 근성과 회복탄력성을 키우는 것이다.

내 교육철학을 굳이 표현하자면, 호연지기(浩然之氣) 교육법으로 표현하고 싶다. 철학적 개념은 잘 모르겠고, 호탕하고 담대한 마음이라고나 할까? 거칠 것이 없는 넓고 굳은 마음을 지닌 사람으로 아이들을 키우고 싶다.

하루는 첫째가 문화센터에서 갑자기 코피를 뚝뚝 흘렸다. 수강하는 강좌의 선생님과 문화센터 직원들이 부산하게 움직이며 어쩔 줄을 몰랐다. 내가 아이 옆에 있는데도 계속 엄마를 찾아서 여기 있다고 얘기했더니 놀라는 눈치였다. 내가 전혀 놀라지 않고 아이를 조용히 관찰하고 있어서 엄마라고 생각하지 못했던 것이다. 나는 아이가 다치거나 아픈 것 같으면 제일 먼저 병원에 가야 할 상황인지 상태를 관찰한다. 병원에 갈 필요가 없을 것 같으면 별로 괘념치 않는다.

나는 아이가 넘어져서 무릎에 피가 나도 별로 신경 쓰지 않는다. 그냥 뼈에 이상이 없나 살피고 소독해 준다. 내가 어릴 적에는 늘 어두워질 때까지 골목에서 뛰어놀았으므로 무릎에 딱지가 없는 날이 없었다. 한 번도 그런 걸 아프다고 느낀 적도 없다. 그런데 둘째는 내가 알아주지 않으면 아주 섭섭해 한다. 그래서 어쩔 수 없이 "많이 아프니?" 하고 아는 척하기도 한다.

첫째는 초등학교 1학년 때 사시 교정 수술을 하고 그때부터 안경을 썼는데 이미 시력이 아주 나빠진 상태였다. 사시 수술을 하기 위해 병원에 입원했는데 동공을 확장하는 약을 넣을 때는 불편해 하기도 했지만, 전반적으로 아주 즐겁게 생활했다. 아이들은 여러 건물이 지하와 연결복도로 이어진 미로 같은 병원을 헤매고 돌아다니는 걸 재미있게 여겼다. 첫째는 휠체어를 타게 되어 무척 좋아했다. 제주도에서 사시 수술을 받으러 온 2학년 여자애와 2인실을 함께 썼는데 수술 전날 밤에는 옥상 정원에서 스마트폰에서 흘러나오는 음악에 맞춰 함께 노래를 부르고 춤을 췄다. 둘이 아주 친해져서 퇴원한 후에도 한동안 연락을 주고받았다. 사시는 재발이 흔하다고 하는데, 다행히 아직은 재발하지 않았다. 제주도에서 왔던 그 아이는 두 번째 수술이었다.

　내가 굳이 호연지기를 가르치지 않아도 아이들은 어쩔 수 없는 시련을 자연스럽게 받아들이며 그 안에서도 자잘한 기쁨들을 발견한다.

　물건을 고쳐야 하거나 집안 구석구석을 자잘하게 수선해야 하면 나는 즉시 공구를 준비하거나 구입해서 행동에 나선다. 어린 시절 나는 집안 여기저기가 고장 나도 전혀 고치지 않는 부모님을 보면서 엄청난 무력감에 시달렸다. 나는 즉각 행동에 나서는 사람이고 결국 문제를 해결하는 사람이다. 우리 아이들은 망치로 못을 박고 전동드라이버로 가구를 조립하고 LED조명을 교체하고 싱크대 아래서 주방 수전을 교체하고 막힌 변기를 뚫고 벌레를 때려잡는 내 모습에 익숙하다.

　나는 어린 시절 어떤 문제나 고민도 부모님과 상의하지 않았다. 그들이 도와주지 못할 거라고 체념했기 때문이다. 그건 지극히 불운한 일이다. 아이들은 어른들로부터 세상을 헤쳐갈 방법을 배워야 한다. 사막을 여행할 때는 오아시스를 찾는 방법을 알아야 하고, 정글을 여행할 때는 위험한 짐승을 피하고 먹이를 구할 방법을 배워야 한다. 아이들이 마주치는 모든 문제를 내가 해결해줄 수도 없고, 대신 해결하려고 하는 것은 바람직하지도 않다. 나는 그들이 인생의 과제를 감당하도록 함께 머리를 맞대고 최선의 방법을 찾아 나갈 것이다.

☆ ☆

　핸디캡은 그것을 극복하는 순간, 엄청난 강점이 된다. 우리 아이들은 살아가면서 분명히 편견에 부딪히게 될 것이다. 아이들의 독특한 출신 배경은 약점이기만 한 것은 아니다. 그것은 아이들을 더욱 성장하게 해줄 발판이 될 수도 있다.

　맬컴 글래드웰의『다윗과 골리앗』, 에이미 추아의『트리플 패키지』는 바로 핸디캡이 어떻게 강점이 되는지 방대한 사례와 데이터로 보여준다. 흑인 혼혈인 맬컴 글래드웰과 중국계인 에이미 추아는 그들 자신이 핸디캡을 극복하고 성공한 대표적 사례다. 맬컴 글래드웰은『다윗과 골리앗』에서 자신의 약점을 강점으로 활용해 승리한 우리 시대 다윗들의 이야기를 담아낸다. 다윗은 '몸집이 작은데도' 승리한 것이 아니라 몸집이 작고 민첩하다는 점을 최대한 이용해서 승리했다. 학습에 치명적으로 보이는 난독증이 성공의 발판이 된 사례를 소개하기도 한다. 이 책은 비즈니스, 인생 전략 면에서 활용할 면이 많다. 흙수저라도 자신의 처지에서 이용할 수 있는 것들을 최대한 이용하면 금수저를 능가할 수 있다.

자녀를 엘리트로 훈련하는 내용의 『타이거 마더』에 반발하는 사람들이 많은데 미국 사회의 비주류로 출발했으나 특별히 성공한 소수민족과 집단들을 다룬 『트리플 패키지』 역시 불편한 진실을 다루고 있다. 그러나 불편하기는 해도 워낙 방대한 데이터에 근거한 내용이라 무시할 수는 없다. 이 책에서 성공 집단으로 정의한 집단은 모르몬교도, 쿠바계 망명자, 나이지리아계를 비롯한 몇몇 아프리카 국가 및 서인도제도 출신 흑인 이민자, 인도계·중국계·유대계·이란계·레바논계 미국인이다.

미국에서 오래 살아온 노예의 후손이 아니라 최근에 아프리카에서 온 흑인 이민자들이 짧은 기간에 주류 집단에 합류했다는 점이 아이러니하다. 피부색이 문제가 아니라 백인 농장주의 후예들이 그들의 죄를 덮으려고 흑인들에게 주입한 열등감과 패배의 문화가 문제인 것이다. 마틴 루터 킹 목사와는 다소 다른 방향으로 흑인운동을 이끌었던 맬컴 엑스가 구술하고 흑인 노예의 가계를 추적한 대하소설 『뿌리』의 작가 알렉스 헤일리가 기록한 『맬컴 엑스 자서전』을 읽어보면, 태어나면서부터 열등한 존재로 낙인찍힌 채 살아가는 것이 얼마나 끔찍한 일인지 알 수 있다. 저주받은 존재로서 더 나은 삶을 상상할 수 없었던 맬컴 엑스는 흑인운동에 투신하기 전에는 다른 흑인들처럼 자연스럽게 마약밀매와 강도질을 일삼으며 살았다.

아프리카에서 상류층에 속했던 흑인들은 자신의 타고난 능력에 대해서는 의심하지 않기 때문에 쿠데타로 쫓겨나 미국에서 밑바닥부터 새로 시작하더라도 자신이 마땅히 얻어야 한다고 여기는 지위를 얻을 때까지 부단히 노력해서 마침내 성공을 거머쥔다. 마블 〈블랙 팬서〉의 와칸다 국왕처럼 자신을 존귀한 존재라고 느끼고 그에 합당한 대우를 요구해서 쟁취하는 것이다. 버락 오바마 역시 흑인 노예의 후손이 아니라 엘리트 케냐 유학생의 아들이었다. 그래서 어려서부터 자신의 잠재력에 대해 전혀 의심하지 않았을 것이다. 그의 어머니와 외조부모는 오바마의 능력을 믿어 의심치 않았기에 무리해서 그를 학비가 비싼 사립학교에 보냈다. 어느 날 아버지가 오바마가 다니는 하와이의 사립학교에서 일종의 '일일교사' 같은 활동을 하게 되었다. 백인 학생들이 흑인 아버지를 어떻게 바라볼까 어린 오바마의 마음이 조마조마했을 것이다. 케냐의 지도층인 아버지는 언변이 뛰어나 단숨에 학생들을 사로잡고 아프리카 전통음악으로 혼을 쏙 빼놓았다고 한다. 그런 경험을 통해 오바마는 주변 흑인들의 모습은 잘못된 역사 속에서 굴절된 것일 뿐이며 흑인은 절대 열등한 존재가 아님을 온몸으로 깨달았을 것이다.

『트리플 패키지』에 따르면 미국에서 성공한 집단들은 주류 문화와는 달리, 평등의식이 아닌 우월의식, 자존감이 아닌 불안감, 현재를 즐기는 문화가 아닌 미래를 위해 현재를 희생하는 문화를 갖고 있다.

태어날 때부터 주류에 속한 사람들은 성공이 중요하지 않다고, 현재가 중요하다고 얼마든지 얘기할 수 있다. 그러나 처음부터 배제되었다고 느끼는 사람들은 자신의 가능성을 입증할 필요성을 느낀다. 에이미 추아는 백인 하류층의 처참한 삶과 절망의 문화를 다룬 『힐빌리의 노래』의 저자 J. D. 밴스를 적극 지원하기도 했다. 인종차별이 심한 미국에서, 아시아계인 예일대 법학대학원 교수 에이미 추아가 백인 쓰레기(White trash), 힐빌리 등으로 불리는 백인 하층민 출신 제자를 주류 사회로 끌어올리는 데 기여했다는 것은 흥미로운 일이다.

☆ ☆

나는 『트리플 패키지』의 교훈을 변형해서 적용한다.

'평등의식이 아닌 우월의식.' 나는 우리 아이들이 특별히 뛰어나다고 여기지는 않지만, 아이들이 어떤 일이든 할 수 있다고 생각한다. 기본적으로 나는 모든 사람의 잠재력을 믿는 편이다. 나는 아이들에 대한 기대치가 높다. 우리 아이들이 의사나 성공

아기를 입양하자 보물단지를 얻은 기분이었다.

둘째를 처음 본 날. 이때 바로 입양할 수
있었다면 우리 둘다 고생을 면했을 것이다.

아기를 보행기에 앉혀야 엄마가 마음놓고
집안일을 할 수 있다.

영아돌연사증후군을 염려하여
아이가 잘 때 옆느리시 못하도록
사각으로 접어 벽을 세워 놓은
요에서 아이를 재웠다.

부산한 명절 밤, 지쳐 잠이 든 아기와
그 옆에 드러누운 엄마.

꼼꼼하고 섬세한 둘째는 요리를
좋아했다.

수영모자와 안경을 쓰고 엄마를
놀래키려는 장난꾸러기 둘째.

키즈카페는 필수 코스가 되었다. 놀이터와 야외에서만
놀아주기에는 부모의 체력이 달린다.

계란프라이가 되어 버린 첫째.

토요일마다 대여소에서
장난감을 빌렸다. 첫째는 특히
대형 장난감을 좋아했다.

둘째는 어려서부터 발차기를 즐겼다.
북촌의 한옥집에서.

흥이 많은 첫째는 물놀이장에 가면
까르르 까르르 웃어대면서 시간 가는
줄 모르고 놀았다.

인생에서는 누구나 초보다.
넘어지고 엉덩방아를 찧으며 세상을
배워나간다.

아이들은 동물을 좋아해서 늘 키우자고
하지만, 더 이상의 부양가족은 버겁다.

힘든 노동 끝에 블록집을 완성한 아이들이
엄마를 놀린다.

희로애락을 나눌 사람이 늘 옆에
있다는 것은 축복이다.

벙커침대는 아이들이 자라는 동안 침대보다는 놀이터로 사용되었다.

멀리 에버랜드가 보이는 호텔. 아이들은 늘 나에게
여행을 가자는 말 대신 호텔에 가자고 조른다.

11년 만에 떠난 해외여행. 아이들에게는 생애 최초의
해외여행이다. 팬데믹을 예견한 건 아니지만,
2019년의 북유럽 여행은 신의 한 수였다.

아이들은 영어 뮤지컬을 통해 현실에서 쓸 일 없는
영어를 인간의 격정이 깃든 이야기로 받아들이는
한편, 오랜 연습과 협동을 통한 성취감을 얻었다.

공 속에 파묻혀 행복한 둘째.
아기 때부터 유난히 볼풀장을 좋아했다.

아이들은 바닥분수에서
무아지경으로 뛰어놀곤 했다.

와, 바다다! 신이 나서 점프하는 아이들.

아이들과 자주 놀러갔던 여의도 물빛광장.
팬데믹과 함께 그리운 추억이 되어 버렸다.

어린 시절 늘 뒷산에서
뛰어다니던 엄마를 닮은 걸까.
아이들은 항상 의욕이 넘치고
모험을 즐긴다.

코로나19 팬데믹 상황에서도 우리는 기회만 되면
밖으로 나가 시간을 보냈다.

한 기업가나 유엔 사무총장도 될 수 있다고 생각한다. 그러나 돈을 많이 벌고 사회적 지위가 높은 직업을 갖지 못하더라도 아이들이 행복하다면 상관없다. 직업이나 지위가 한 인간의 가치를 결정한다고 여기지는 않으니까.

이 세상에서 날 가장 과소평가한 사람은 우리 부모님이었다. 가까운 사람이나 가족에게 가장 저평가받는 것은 많은 여성에게 익숙한 경험일 것이다. 나는 어린 시절 스스로를 무능력하고 형편없는 존재로 느꼈다. 오히려 나이가 들면서 내가 할 수 있는 일들이 많다고 믿게 되었다. 하지만 나이가 들면 들수록 선택할 여지는 줄어드는 게 사실이다. 그래서 자녀가 뭐든 할 수 있다고 부모가 믿고 지지해 줘야 자녀의 가능성이 활짝 꽃 피울 수 있다.

'자존감이 아닌 불안감.' 나는 아이들에게 지금보다 더 잘할 수 있다고 강조한다. 스스로에게 만족하는 건 좋지만, 더 나아질 수 있는데도 정체되는 것은 문제다. 80점을 맞고 만족하기보다는 같은 시간 동안 공부하더라도 집중도를 높여 100점을 맞으려고 노력해야 한다. 현재 우리 아이들은 초등학생이기 때문에 학습량이 많지 않고 내용도 어렵지 않다. 수업만 잘 들어도 충분히 다 익힐 수 있는데, 딴전을 피우거나 심사숙고하지 않아 문제를 틀린다. 그러고선 자신이 원래 다 아는 내용인데 실수로

틀렸으니 별 문제가 아니라고 한다. 더 잘할 수 있었는데 최선을 다하지 않는 게 문제다. 당장 좋은 점수를 받는 것보다 최선을 다하는 태도가 훨씬 더 중요하고 그런 태도를 키우려면 시간이 많이 든다.

'현재를 즐기는 문화가 아닌 미래를 위해 현재를 희생하는 문화.' 나 자신도 미래를 위해 현재를 희생하기 싫은데 아이들에게 그렇게 강요하지는 않는다. 내 입장은 현재와 미래 사이에서 절충하는 것이다. 나는 아이들에게 중고교에 진학해서도 충분히 자고 충분히 휴식을 취하려면 지금부터 조금만 공부해도 최대의 효과를 발휘할 수 있도록 집중하는 훈련을 해야 한다고 강조한다. 둘째는 스마트 학습 지도를 받고 첫째는 방과후아카데미에서 수학과 영어 보충수업을 받는데 그 이상의 학교 공부는 시키지 않는다. 학교 수업과 그 정도 보충수업으로 얼마든지 학습 내용을 완전히 익히는 것이 가능하다고 생각하기 때문이다. 많은 시간을 투입해서 성적을 유지하는 방식은 학습량이 급증하는 중고교 시절에는 큰 부담이 된다. 수면시간을 줄여 공부하는 건 바람직하지 않다고 생각한다. 나는 고3 때 하루에 6시간씩 잤는데, 잠을 많이 자서 서울대에 못 간 건 아니었다.

5학년인 첫째는 3년 전부터 원어민 강사의 화상 영어 프로그램을 수강하고 있다. 한자, 일본어, 중국어 기초도 학습지로 배우고 있다. 언어를 익히는 데는 아주 많은 시간이 필요하므로 시간이 많은 초등학교 시절에 여러 언어의 기초를 닦아놓으면 중고교 시절이나 대학 시절, 성인기를 한결 여유롭게 즐길 수 있을 것이다. 나는 이십대 중후반이 되어서야 외국어를 익히느라 고생했다. 외국어는 상당히 잘해야 실제로 써먹을 수 있는데, 성인이 된 후에는 공부할 시간이 부족하고, 나이가 들어서 외국어를 잘한다 해도 외국어 능력 자체가 진입장벽인 취업 시장에서 받는 불이익을 나중에 상쇄하기란 어렵다.

초등학교 3, 4학년 시기부터 수학 포기자(수포자)가 생기는 것 같다. 다른 과목도 마찬가지지만, 특히 수학은 벽돌을 한 장 한 장 쌓는 것과 같아서 기초를 쌓아놓지 않으면 나중에 열심히 해도 따라잡기 어렵다. 시간이 많은 초등 시절에 꾸준히 해두어야 중고등학교에 입학한 후 고생하지 않는다.

대학에 진학하지 않고 직업기술을 익히더라도 학습 능력은 중요하다. 급변하는 사회에서는 새로 익혀야 할 지식이나 기술이 늘 생겨난다. 특정 직업을 잘 수행하기 위해서도 늘 배워야 하지만, 전문가들은 앞으로 한 사람이 살아가는 동안 직업 자체도 여러 번 바뀔 것으로 전망한다.

현재도 어느 정도 즐기고 미래도 대비하려면 어린 시절에 크게 부담되지 않는 수준으로 공부를 많이 하는 게 좋다고 생각한다. 공부를 많이 하면 할수록 학습 능력이 발달해서 공부가 점점 더 쉬워진다. 공부뿐만이 아니라 다양한 체험을 많이 하면 두뇌가 발달하고 지식과 경험이 연결되어 뭘 배우든 수월하게 익힐 수 있다. 능력을 키우면 키울수록 세상을 더 넓고 깊게 이해하고 더 많은 가능성을 누릴 수 있다.

☆ ☆

아이들이 놀이터에서 다른 아이들과 함께 놀려면 상당한 수준의 사회적 기술이 필요하다. 자신이 원하는 놀이를 하도록 다른 아이를 설득하거나 자신이 그 아이가 하고 싶은 놀이에 동참해야 한다. 여러 명이 필요한 집단 놀이를 하려면 즉석에서 대여섯 명 이상을 규합하는 엄청난 리더십을 발휘해야 한다.

이런 어려운 과업을 피하고 싶은 아이들은 꾀를 낸다. 부모에게 자기가 시키는 대로 놀아달라고 요구하는 것이다. 부모가 놀이터에 갈 때마다 아이와 열심히 놀아준다면 아이는 놀이터에서 다양한 사회적 기술을 익힐 기회를 상실하게 된다.

여러 학원에 다니느라 일정이 바쁜 아이들은 다른 아이를 사귈 기회가 별로 없어 엄마끼리 먼저 안면을 트고 시간과 장소를 미리 정한 후에야 비로소 함께 놀게 되기도 한다. 직장에 다니는 엄마들은 이런 모임에 끼지 못해 아이가 소외될까 봐 조바심을 내기도 한다.

아이들의 양육 환경은 동네나 주거지에 따라 차이가 큰데 우리 동네는 맞벌이 부부가 많은 직주근접 형태의 주거지다. 우리 애들은 근처 놀이터에서 많은 시간을 보냈다. 특히 둘째는 매일 여러 시간씩 놀이터에서 살다시피 해서 손에는 굳은살이 박히고 몸이 아주 튼튼해졌다. 이 동네 애들은 부모가 방임하지도 않고 그렇다고 심하게 구속하지도 않는 편이다. 부유하지도 가난하지도 않고, 교육열이 특별히 높지도 낮지도 않다. 나는 애당초 다른 엄마들과 사귈 시간도 정성도 없었으므로 우리 애들은 자력으로 승부해야 했다. 아이들이 워낙 사교적이라 전혀 걱정할 필요가 없었다. 그리고 비교적 자유로운 분위기의 동네라 다른 아이들도 스스럼없이 친구를 사귀고 독립적인 편이다.

나는 아이들이 자라남에 따라 조금씩 자유의 범위를 넓혀 준다. 아이들이 초등학교에 입학한 후에는 혼자서 다니는 걸 허용했다. 친구 부모님과 연락해 본 후 친구집에 놀러 가게 해준다. 스마트폰의 지도를 보며 위치와 이동 방법을 확인하게 한 후 혼자 대중교통을 이용하도록 한다.

나는 아이들의 문제는 스스로 해법을 생각해서 직접 해결하도록 했다. 친구와의 문제로 내가 아이 친구 부모님에게 연락한 적은 딱 한 번이었다. 그것도 아이의 요청에 의한 것이었다. 나는 아이들이 모든 문제를 나와 툭 터놓고 얘기하되, 대부분은 스스로 해결하도록 이끌었다. 아이의 의견을 무시하고 부모 마음대로 해결하려고 한다면 그게 부담스러워 아이가 말을 안 하게 될지도 모른다.

대화와 심사숙고를 통해 결국 아이들 스스로 길을 찾아낼 거라는 믿음이 그들에게 높고 넓고 굳건한 마음, 호연지기의 정신을 심어줄 거라고 믿는다.

새로운
모계사회

1995년작 네덜란드 영화 〈안토니아스 라인〉은 폭력적인 남성 중심 사회에서 평화로운 공동체를 일군 4대에 걸친 모계가족의 연대기를 다룬 영화다. 벨기에가 배경이라고 하는데, 당시 나는 서구의 페미니즘을 다룬 책과 영화를 보며, 서구에서도 최근에야 여성이 사람 대접을 받게 되었다는 것을 알게 되었다. 나는 영화의 내용에 100% 공감했다. 비슷한 시기에 봤던 〈바그다드 카페〉도 독일 여성과 미국 흑인 여성의 우정이 만들어낸 따뜻한 공동체를 보여준다. 나는 이십여 년 전쯤 한 잡지의 여행 난에 실린 기사를 통해 결혼하지 않고 자유롭게 성을 즐기며 모계가족이 공동으로 아이들을 양육하는 중국 모쒀족 사회를 알게 되었다. 나는 이것이야말로 사랑과 성, 자녀 양육의 딜레마를 해결해줄 최적의 시스템이라고 생각했다.

2017년 원서가 출간된 『어머니의 나라 The Kingdom of Women』는 모쒀족 사회에 매료되어 그곳에 살게 된 싱가포르 변호사 추 와이홍의 이야기다. 저자는 일중독자로 살면서 부와 성공을 거머쥐었지만, 가족도 아이도 없었고 인생을 돌아볼 때 미소를 머금게 할 만한 게 없었다. 같은 법률회사의 남성 변호사들은 화려한 경력을 쌓아가면서도 일상생활을 살뜰하게 챙겨주는 아내와 사랑스런 아이들이 있었다. 2006년 저자가 회사에 사표를 던진 후 중국 각지를 여행하다가 알게 된 모쒀족의 세계는 남성 중심 사회에서 늘 이질감을 느끼고 살던 그녀에게 난생 처음 편안함을 선사했다. 그때부터 저자는 중국 윈난성의 모쒀족 마을을 마음의 고향으로 삼고 싱가포르와 윈난성을 오가며 살았다.

현재의 결혼제도에서는 어떤 배우자를 택하느냐에 따라 삶이 크게 달라지고, 여성의 경우 사회경제적 지위가 배우자에게 좌우된다. 결혼이 삶에 끼치는 영향이 너무 지대해서 아예 결혼할 엄두를 내지 못하는 사람들이 늘어나고 있고, 심지어 연애를 꺼리는 사람들도 증가 추세다. 연애가 결혼을 전제한다면 부담스럽기 이를 데 없고, 가족의 심리적 지원을 충분히 받지 못하는 사람들은 파트너에게 정서적으로 의존하게 되어 잘못된 연애에서 빠져나오는 것이 이혼만큼이나 어렵다. 심리적으로 불안정한 남성들이 이별을 통고한 여자친구에게 매달리고 해를 끼치는 일이 워낙 흔해서 연애를 시작하기가 조심스럽다.

기존의 사회는 남성이 경제활동을 하고 여성이 전업주부가 되어 육아와 가사를 전담하는 것을 표준으로 상정했지만, 핵가족에서 독박육아를 하며 가정에 고립된 가정주부 중 많은 이들이 고통을 토로한다. 영화 〈레볼루셔너리 로드〉에 나오는 절망은 보편적이다. 예쁜 아이들, 돈 잘 버는 남편, 근사한 집이 있다고 사람이 행복해지지는 않는다. 모든 사람에게는 세상에 참여해서 창조적인 일을 하고 싶은 간절한 욕구가 있다. 이 영화에 나오는 부부는 둘 다 이상을 접고 현실과 타협하면서 고통을 느끼지만, 남편은 원하지 않았던 직업일지라도 일을 통해 뭔가를 성취하고 사회활동을 활발히 하는 데 반해 아내는 집안에 갇혀 시들어간다. 파리에 가서 새로운 삶을 시작하겠다는 계획을 세우고 들떠 있던 아내는 깜짝 승진을 하게 된 남편이 돌변하고 셋째를 임신했다는 사실을 확인하자 절망에 빠진다. 결국 그녀는 위험을 무릅쓰고 낙태(임신중지)를 시도하다가 생명을 잃고 만다. 혼자 아이를 키우는 것은, 아이를 키우느라 인생의 많은 가능성을 포기해야 하는 것은 죽는 것만큼 끔찍할 수 있다.

〈레볼루셔너리 로드〉에 나오는 예술가가 아닌 평범한 주부에게도 집에서 남편 퇴근 시간만 기다리며 사는 것은 견디기 힘든 삶이다. 앞서 언급한 백인 하류층의 삶을 다룬 『힐빌리의 노래』에서 저자의 할머니는 손자가 환경의 악영향을 극복하고 마침내 주류 사회로 올라서도록 몸이 부서지도록 지원한 의지의 화신이지만, 정작 자신의 자식들에게는 좋은 엄마가 아니었다. 미국 제조업의 황금기에 수입이 괜찮은 남편과 경제적으로는 별 어려움 없이 살았지만, 익숙한 고향과 친지들로부터 분리되어 낯선 도시에서 전업주부로 사는 삶은 고통스럽기 짝이 없었다. 남편이 공장 일을 마친 후 남성들만의 친교 문화를 즐기다 술에 취해 들어오면, 종일 집에서 홀로 미쳐가던 아내와 매일같이 격렬한 부부싸움이 벌어졌다. 심지어 그녀는 술에 취해 쓰러져 자던 남편에게 기름을 붓고 불을 붙이려고 한 적도 있었다. 이렇게 폭력적인 가정에서 자라난 저자의 엄마는 마약중독자가 되었고, 외조부모는 착한 딸을 그렇게 만든 게 자신들이라며 뒤늦게 가슴을 쥐어뜯었다. 저자의 할머니가 헌신적으로 손자를 돌본 데에는 딸에 대한 죄책감도 작용했다.

남성이 생계를 전적으로 담당하고, 여성이 전적으로 아이를 키운다는 모델은 현실과도 맞지 않았다. 지금처럼 맞벌이가 일반적이지 않았던 수십 년 전에도 많은 가정에서 여성이 가족을 부양하거나 남편과 비슷한 수입을 올리면서도 육아와 가사를 전담해야 했다. 실제로는 경제활동을 하는 여성들이 많았음에도 그것을 비정상, 또는 일시적인 일로 간주하며 육아와 가사를 여성에게만 떠맡긴 것이다.

나는 초등학교 6학년 때 주변 사람들을 관찰하면서 결혼이 여성에게 별 실익이 없다는 것을 깨달았다. 오직 경제력이 없는 여성이 수입이 괜찮은 남성과 결혼할 때만 중류층의 생활 수준을 보장받는 이득을 얻었다. 그러나 경제적 이득의 대가는 만만치 않다. 수많은 가정폭력 사건에서 여성들은 경제력이 없으므로 때리는 남편을 떠날 수 없다고 말한다. 이혼에 성공하더라도 경제적으로는 하류층으로 주저앉게 되기 쉽다. 어떤 남성도 자신의 사회경제적 지위를 타인의 아량에 의존하는 굴욕적인 삶을 기꺼이 선택하지는 않을 것이다.

상류층 여성은 원래 자신도 부유한 집안 출신이므로 굳이 결혼해서 남편과 시집의 눈치를 보고 살 필요가 없다. 부유한 집안의 상속자가 아니더라도 상류층 여성은 이혼할 때 많은 재산을 분할받아 잘살 수 있다. 하류층 여성은 어차피 남편이 돈을 못 벌거나 적게 벌므로 자신도 돈을 벌어야 하거나 아니면 빈곤을 견디며 살아야 한다. 중류층에서도 직업이 있는 여성이라면 육아와 가사까지 전적으로 떠맡는 이중고에 시달린다. 그래서 내 결론은 어떻게든 경제력을 확보하고 결혼은 하지 말자는 쪽이었다. 내가 교실에서 짝에게 결혼하지 않을 거라고 얘기하자, 그 애는 나를 아래위로 훑어보며 무슨 하자가 있길래 그런 생각을 하느냐고 물어보았다. 나와는 달리 결혼에 긍정적인 여자아이들도 있었나 보다.

나이가 들면서 나는 서로를 정말 사랑하고 존중하는 부부도 존재한다는 것을 알게 되었다. 어느 선에서 타협하고 비교적 서로의 영역을 존중하면서 살아가는 부부도 많다. 그러나 배우자만이 아니라 배우자의 가족이 세트로 묶여 따라온다는 것이, 많은 이들이 결혼을 망설이는 가장 큰 이유 중 하나다. 영혼의 단짝을 만나 결혼할 기회는 누구에게나 오지는 않는다. 영혼의 단짝인 줄 알았다가 엇갈리는 인생 행로에서 잠시 함께한 길동무였음을 나중에 깨닫기도 한다. 열세 살 때와는 세상이 많이 달라졌지만, 지금의 나에게도 비혼이 최선이었다.

☆ ☆

진정한 자유연애가 실현되려면 만남과 헤어짐이 자유로워야 하고, 서로 경제적으로 엮이지 않아야 한다. 그러나 현재의 시스템에서는 무엇보다도 아이 때문에 자유연애를 하면 안 된다. 임신과 출산, 양육을 전적으로 책임질 수 있는 사람들끼리

만 섹스해야 한다. 피임을 하더라도 임신할 수 있고, 사실 사람들이 피임에 실패하는 가장 큰 원인은 피임하지 않아서다. 성욕은 즉각적인 충동인데, 피임이나 양육은 미리 계획하고 준비해야 하는 이성의 영역에 속하는 활동이다.

바로 이러한 모순에서 인류 사회의 엄청난 비극이 생겨난다. 결혼을 전제로 하지 않은 임신과 출산에서는 대개 남성이 빠져나가고 여성 혼자 책임져야 하며, 이 세상에는 부모가 의도하지 않았던 아이들이 늘 넘쳐난다. 결혼한 부부도 피임을 깜빡했다가 의도하지 않았던 출산을 하는 경우가 많다. 생물학적으로는 자연스러운 일이지만, 우리가 만든 사회제도에서는, 의도하지 않고 준비하지 않은 출산은 아이에게나 부모에게나 치명적인 일이 되기 쉽다.

과거에는 임신중지 수술이 아주 흔했다. 흔히 상상할 수 있는, 결혼을 약속한 남자친구와 헤어져서 하는 경우는 말할 것도 없고, 단지 남편과 남자친구가 피임에 신경 쓰지 않아서 수술을 한 번도 아니고 여러 번 하는 여성들이 많았다. 자식을 다섯 낳은 우리 어머니도 무책임한 남편 때문에 수술한 적이 있다. 먹고살기 너무 힘든 상황에서 임신했기 때문이다. 마거릿 애트우드의 소설 『그레이스』에서 주인공의 어머니는 자신의 의지와 상관없이 임신과 출산을 하염없이 반복하다가 몸이 쇠약해져

비참하게 죽는다. 주인공이 사랑했던 친구는 일자리에서 쫓겨나지 않으려고 자신을 짐승처럼 다루는 의사에게 불법 낙태 시술을 받고 처참하게 사망한 후에도 사람들의 경멸을 받는다. 의학 기술이 발전한 오늘날에도 임신중지는 여성의 신체와 정신에 피해를 준다. 피임약도 사후피임약도 부작용이 있다. 나는 청소년기에 절대로 낙태 수술 같은 건 받지 않겠다고 결심했다. 여성만 그런 피해를 보는 것은 부당했다. 절대로 낙태하지 않을 방법은 한 가지였다. 절대로 임신하지 않는 것이었다.

과거 10여 년간은 임신중지 불법화 움직임으로 임신중지를 하기가 어려웠다. 최근 임신중지 비범죄화가 이루어졌으나 현실에서는 해결되지 않은 문제가 많다고 한다. 역사를 돌아보면 임신중지 불법화의 가장 확실한 효과는 여성의 건강이, 때로는 생명까지 위태로워진다는 것이다. 임신중지가 불법이든 아니든 여성이 손해를 볼 수밖에 없는 현 상황에서는 성파업을 하는 게 낫다고 생각한다. 고대 그리스에서 했다는데 현대사회에서 못할 이유가 없다. 실제로 싱글여성 상당수가 연애하지 않는 현실을 볼 때, 조직적인 차원은 아니더라도 현재 성파업이 진행되고 있다는 생각이 든다. 내 주변에는 사회생활은 잘하지만, 연애는 거의 하지 않는 '건어물녀'가 항상 많았다. 부부 상담 전문가들에 따르면 원인은 다양하겠지만 섹스리스 부부도 많다고 한다. 현재의 사회에서는 자유연애는커녕 그냥 연애나 섹스를 하지 않는 게 마음 편한 측면이 많다. 남성들도 그렇게 생각하는 사람들이 점점 증가하는 것으로 보인다. 문화적인 이유 때문인지 일본과 우리나라에서 두드러지는 현상이다.

그런데 모쒀족 사회는 오래전에도 연애와 양육을 분리함으로써 이 모순을 해결했다. 어머니는 자유연애를 즐기고, 아이들은 모계가족 속에서 늘 안정적으로 양육된다. 아버지가 누구인지 알게 되더라도 중요한 존재는 아니며 할머니와 외삼촌, 이모가 어머니와 함께 아이의 주 양육자다. 여성은 모계 혈통으로 구성된 대가족이 사는 집의 자기 방에서 밤에만 남자친구를 만나므로 연애가 일상생활에 별 영향을 끼치지 않는다. 연애는 철저하게 개인 간에만 이루어져 누가 누구를 사귀는지 공개적으로 거론하지 않고 당연히 연인의 식구들과 엮일 일이 없다. 아이들은 엄마의 남자친구가 계속 바뀌더라도 전혀 영향을 받지 않고, 같은 집에서 같은 식구들과 내내 생활한다. 바로 이 점이 중요하다.

현대사회는 개인의 욕구가 폭발하면서 이혼율이 급증했고, 최근에는 결혼율이 급감하고 있다. 유럽에서는 이미 혼외출산 비중이 절반을 넘어섰고, 미국도 절반에 육박하고 있다. 유럽 국가들은 이런 현실에 발맞추어 제도를 개편하고 가족의 개념을 재정립하고 있다. 그러나 가족제도를 어떻게 재편하든 연애 관계에 기초해서 가족이 성립한다면, 부모의 연애에 아이들의 삶이 휘둘리는 결과를 낳게 된다. 아이들은 안정된 가정에서 자라야 한다. 엄마의 남자친구가 바뀌거나 아빠의 여자친구가 바뀔 때마다 가족 구성원이 바뀌고 거주하는 집이 바뀐다면, 부모가 아무리 자식을 사랑하더라도 아이들은 혼란에 빠질 수밖에 없다.

『힐빌리의 노래』에서 저자는, 남자친구를 사귀고 헤어질 때마다 심리 상태가 널 뛰는 엄마에게 양육되며 불안정한 어린 시절을 보냈다. 새아빠 후보들 집을 전전하다 청소년기에 외할머니집에 정착한 후에야 비로소 마음을 잡고 학교 생활에 전념할 수 있었다.

결혼제도가 몰락하면서 서구에서는 혼외출산이 보편화했는데, 우리나라는 일본과 더불어, 일본보다 더 가파른 비율로, 혼인율과 출생률이 급감하는 양상으로 나타났다. 그래서 현재도 혼외출산 비율은 미미한 편이다. 인구문제 전문가들은 우리나라 출생률 급감의 원인이 무엇인지 잘 알고 있는 것으로 보인다. 그러나 국가가 나서서 혼외출산을 장려할 수는 없으므로 급감하는 신혼부부를 대상으로 여러 혜택을 신설하고 강조하는 형편이다.

심각한 저출생 현상이 낮은 혼외출산율과 깊은 연관이 있기는 하지만, 현재 상태에서 혼외출산율이 상승하면 여러 문제가 예상된다. 혼외출산으로 낳은 아이를 잘 키우려면 부부가 키울 때와 똑같이 충분한 경제력과 양육에 동참할 사람들이 필요하다. 경제력을 갖추지 못한 여성이 혼외출산 후 가족이나 친부의 도움 없이 혼자 아이를 키우는 형태의 가정이 증가하면 사회 양극화가 심화될 것이다.

정부의 저출생 대책이 무조건 아이를 많이 낳는 가정에 혜택을 주는 방식이 되면, 그 정책의 수혜를 받는 계층은 여유 있는 외벌이 가정이거나, 아이 한 명을 더 낳을 때마다 그 몫으로 급여를 받는 복지 수급자일 것이다. 일만 하느라 아이를 낳지 못하는 사람들의 세금으로 더 여유 있는 가정과 경제활동을 하지 않는 사람들을 지원하는 정책은 형평성 문제가 있을 뿐 아니라, 여성의 경제활동 참여율을 떨어뜨리고 출산 양극화를 유발하며 더 나아가 세대를 넘어 이어지는 빈곤의 악순환을 낳기 쉽다.

일부 가정에서 아이를 많이 낳는 것보다 되도록 많은 가정이 한 명의 자녀라도 낳는 것이 더 바람직하다. 아이를 키우는 가정과 그렇지 않은 가정으로 양분되면 가정친화적인 사회와 일터를 만들기 어렵다. 그러면 경제활동을 하는 여성들이 아이를 낳기 힘든 현실을 바꿀 수 없다. 셋째에게 혜택을 몰아주는 게 아니라 첫째에게 혜택을 몰아주어야 진정으로 출산이 축복받는 세상이 된다. 대다수의 사람들이 아이를 키우게 되어 가정 친화적인 사회가 되면 사람들이 더욱더 마음놓고 아이를 낳는 선순환 구조를 만들 수 있다. 아이를 한 명 낳은 가정에서는 여건이 허락하면 한두 명 더 낳고 싶어하게 마련이다.

우리나라의 출생률이 낮은 것은 사람들의 책임감이 강하기 때문이다. 강한 책임감은 아이를 잘 키울 수 있는 기본 조건인데, 우리나라에서는 이것이 아이를 낳지 않는 방향으로 작동하고 있다. 미래를 위해 철저하게 준비하는 성향이 강한 사람들일수록 결혼하지 않고 출산하지 않는 가장 큰 이유는 아이를 키우면서 경제활동을 하기 어렵기 때문이다. 부부 둘 다 저임금 노동자라도 맞벌이를 한다면 중위소득에 근접한 수입을 얻는다. 일·가정 양립이 충분히 가능한 사회가 된다면 맞벌이 부부 상당수가 아이를 두 명 이상 낳을 것이고, 비혼자들 중에서도 동거부부 형태로, 또는 가족이나 친구들과 양육 공동체를 만들어 아이를 키울 사람들이 늘어날 것이다.

혼외출산은 적지만 높은 이혼율 때문에 한부모가족은 흔하다. 여성가족부의 「2018년 한부모가족 실태조사」에 따르면 한부모가족 발생 요인의 77.6%는 이혼이고, 사별이 15.4%, 기타가 7%다. 정부 지원을 받는 가구가 46%에 이르러, 한부모가족의 경제 사정이 좋지 않다는 것을 알 수 있다. 모자만으로 이루어진 가정이 51.6%, 기타 가구원을 포함한 모자가정이 13.9%로, 어머니가 중심이 된 한부모가족이 65.5%에 이른다. 특히 비슷한 경제 수준의 국가들에 비해 여성의 경제활동 참여율이 낮고, 경제활동을 하더라도 양육 및 가사와 병행하기 위해 시간제, 임시직 근무가 많은 우리나라에서는 한부모가족의 다수를 차지하는 여성 가장의 경제력이 낮아 복지 수급자가 되기 쉽다. 이것은 모쒀족의 모계사회와는 다른 양상이다. 모쒀족 사회에서는 공동양육을 하므로 여성이 경제활동에 제약을 받지 않는다. 남성도 혼자 벌어서 혼자 사는 게 아니라 평생 어머니와 여자 형제들과 함께 살면서 조카들을 부양하고 양육한다.

양육에 대한 국가의 지원을 대폭 늘려야겠지만, 그것은 한부모가족만을 대상으로 하는 것이 아니라 양육 부담 자체를 사회화하는 것이어야 한다. 이 문제를 복지 차원에서만 접근하면 한부모가족은 복지 수급자로 살아가는 불우이웃이라는 낙인 효과가 발생할 수 있다. 국가가 미혼부를 포함한 비양육 부모에게서 양육비를 확실하게 받아내면, 재정 투입을 늘리지 않더라도 한부모가족을 강력하게 지원할 수 있을 것이다. 무엇보다도 아이를 키우며 직장생활을 하기 어려운 것은 여성 한부모가족,

남성 한부모가족, 맞벌이 가족 모두 마찬가지다. 아이를 키우는 것이 사회생활이나 직장생활에서 약점이 되지 않도록 하는 것이 가장 중요하다. 출생률 제고 이전에 수많은 한부모가족의 빈곤 해소를 위해서라도 일·가정 양립 정책을 강화해야 한다.

☆ ☆

일부일처제라는 것은 남성들끼리의 일종의 평화조약이라고 생각한다. 돈과 권력이 있는 남성들이 여성들을 독차지하는 일부다처제 사회에서 하류층 남성은 여성에게 접근하기도 힘들었다. 남성들이 여성을 쟁탈하기 위해 끝없이 싸우면 사회의 긴장이 높아진다. 권력이 있는 남자가 남의 여자를 빼앗는 것은 예로부터 동맹을 깨고 공동체를 무너뜨리는 기폭제였다. 남성들은 각자 한 여성만 독점하기로 합의한 후, 그 여성과 아이들을 소유하는 대신에 평생 그들을 부양해야 하는 의무에 종속되었다. 모두가 그 의무를 성실하게 수행한 것은 아니지만, 그 독점권은 남성들에게 과중한 노동을 강제하는 효과적인 수단이었다. 경제력으로만 평가받으며 돈 버는 기계, 일벌레로 살았던 남성들이 그 제약에서 풀려난다면, 그들은 과연 무엇을 위해 열심히 일하게 될까? 더이상 여성과 아이들을 지배하지 못하는 대신 자유를 얻은 남성들에게도 무한한 가능성이 펼쳐져 있다.

이제 가부장제가 표준으로 삼고 있는 중산층 가정 모델은 점점 더 성취하기 어려운 과제가 되었다. 많은 남성은 그 이상을 달성하려고 죽어라 일하고 업무 시간 이후에도 재테크에 골몰하며 집을 마련하고 결혼과 아이를 통해 당당한 주류 사회의 일원임을 확인한다. 처자식을 거느리고, 그들에게 양질의 생활을 보장하는 것이 주류 사회의 기본 요건이다. 가정을 유지하려면 과거와는 달리 자상한 남편, 자상한 아빠가 되어야 하므로 일상이 고단하다. 주말에는 친절한 운전기사로, 캠핑장에서는 요리사로 활약한다. 안정된 수입을 올리기는 더 어려워졌는데 현재의 온정적 가부장제에서는 가족을 위해 늘 서비스하는 만능 집사 노릇까지 해야 한다.

한편으로는 일하지 않거나 일을 해도 시간이 많은 성인 남성들이 급증했다. 인터넷만 연결되어 있으면 집 밖으로 나올 필요를 못 느끼는 사람들은 온라인 세상에 거대한 커뮤니티를 구축했다. 그중 일부는 다크웹의 범죄로도 연결되었다. 온라인 범죄로 생계와 여가를 해결하는 남성들이 늘어났다. 해체된 가정에서 자란 불안정한 남성들 일부는 자신을 보살피지 않은 어머니로 대표되는 여성 전체를 혐오한다.

유명한 여성혐오 범죄를 저지른 남성들의 어린 시절에 어머니가 부재했다는 것은 우연의 일치일까? 그들이 범죄자가 된 데에는 주 양육자인 아버지의 책임이 더 크다. 만약 다른 양육자에게서 자랐다면 인생이 달라지지 않았을까? 자신의 어머니를 사랑하고 존경하는 사람이 여성혐오 범죄를 저지를 수 있을까? 남편과 헤어지기 위해, 남편의 폭력에서 벗어나기 위해, 어머니와 자식이 헤어지지 않아도 된다면, 수많은 소년의 삶도 나아질 것이다.

반면에 가정을 이루었든, 그렇지 않든, 자신의 취향을 추구하는 데 돈과 시간을 쓰며 자아실현에 골몰하는 남성들도 늘어났다. 이제 상당수 남성에게는 경제적 성공이나 가족의 행복이 삶의 일차적 목표가 아니다. 수많은 여성이 주체적인 삶을 위해 인습에서 벗어났듯, 수많은 남성도 새로운 삶의 방식을 추구하고 있다.

모쒀족 사회는 여성이 남성을 억압하는 사회가 아니다. 할머니의 남자 형제와 어머니의 남자 형제는 가정에서 중요한 역할을 하고 그만큼 존중받는다. 남성은 경제력으로 평가받지 않고, 혼자 부양의 책임을 떠맡지 않고, 모든 가족 구성원이 함께 일하고 함께 나눈다. 50대 독신남의 고독사 비율이 높다는 사실은 잘 알려져 있다. 이혼이나 사별 후 평균적으로 남성의 삶의 질이 여성보다 훨씬 더 떨어진다는 것은 상식이다. 외로운 남성들을 노리는 범죄도 흔하다. 남성이 지배하는 세상에서 여성의 수명이 훨씬 더 길다. 가부장제는 남성에게 더 불행한 체제가 되어 버린 것일까?

모쒀족 사회는 관광지로 변모하고 중국 주류 사회에 흡수 당하며 점차 전통문화를 잃어가고 있지만, 현대사회보다 더 자유롭고 평등한 이 '오래된 미래'는 연애, 결혼, 가족, 가정과 일의 양립, 자녀 양육 등 삶의 모든 방면에서 새로운 대안을 모색하는 사람들에게 깊은 영감을 준다. 기존의 가족제도는 무너져 내리고 있지만, 대안적 체제는 아직 자리 잡지 못했다. 애정결핍과 불안, 우울이 만연한 세계에서 어떻게 하면 아이들을 안정된 환경에서 양육하며 모든 개인이 정서적 욕구와 자유를 동시에 충족할 수 있을까? 개인적으로나 사회적으로나 다양한 탐색과 깊은 숙고가 필요하다.

☆ ☆

사남매 중 언니가 가장 먼저 아이들을 낳았을 때, 나는 조카들이 절반은 내 자식이라고 느꼈다. 그들을 봐서라도 똑바로 살아야겠다고 결심했다. 주말마다 조카들을 돌보거나 공부를 가르쳐 주었다. 나뿐만 아니라 조카들에게 헌신하는 사람들이 많다. 몇 년 전 모 국회의원이 조카에게 재산을 물려주었다는 말을 의심하면서 차명재산이라고 주장하는 사람들이 있었다. 한 시사 프로그램에 출연한 남성 패널이 고모가 조카에게 재산을 그냥 준다는 것은 말이 안 되는 일이라고 주장했다. 나는 그 패널에게 얘기해 주고 싶었다. 나도 그 국회의원처럼 재산이 많았다면 조카들에게 나눠줬을 것이다. 이모나 고모라면 공감할 사람들이 많을 것이다.

내가 입양한 아이들은 우리 가족 전체의 아이들이었다. 부모님의 허락은 못 받았지만, 형제들은 동의하고 지원해 주었다. 가족 모임에서 아이들의 존재는 정말 중요하다. 부모님과 사이가 좋지 않고 각자 사느라 바빴던 우리 가족은 조카들이 태어나면서 일시적으로 활기를 느꼈다. 그러나 조카들은 별로 교류가 없는 조부모에게 친근감을 느끼지 못했고, 우리 사남매는 각자 멀리 살고 공유할 것이 많지 않아 모일 기회가 별로 없었다. 조카들이 성장하면서 멀어져 가던 우리 가족은 내가 아이들을 입양하면서 다시 뭉치게 되었다.

어머니는 자식의 배우자를 불편해해서 손주들을 조심스럽게 대했지만, 내 아이들은 마음 편히 대하고 아낌없이 사랑을 표현할 수 있었다. 입양기관에서 상담할 때 함께 아이를 양육하기로 한 여동생은 언니의 아이들처럼 내 아이들을 자주 돌봐

줬을 뿐만 아니라 한때는 함께 살면서 공동양육을 하다시피 했다. 우리는 아이 양육에 대해 늘 함께 의논하고, 아이들과의 여가나 휴가를 함께 계획한다. 언니는 늘 시간에 쫓겨서 우리 아이들을 자주 보지는 못하지만, 애정 표현에 민감한 둘째는 나보다 큰이모를 더 좋아하는 것 같다. 언니는 특유의 친화력으로 어린 시절부터 아이들에게 인기가 많았다. 멀리 떨어져 사는 오빠는 내가 이사할 때마다 찾아와서 도와주었다. 오빠가 집에 있던 방대한 아동서들을 수시로 가져다주고, 새언니가 우리 첫째보다 여섯 살 많은 조카의 옷이 작아질 때마다 모두 정리해서 전달해주어 아이를 키우는 데 책값과 옷값이 거의 들지 않았다. 아이가 있는 주변 지인들도 옷과 장난감을 전달해주어 큰 도움이 되었다.

우리 아이들은 외가의 사랑을 듬뿍 받아서 어디 가든 자신들이 사랑받는 존재라고 느꼈다. 외가와 친가의 개념이 없어서 뒤늦게 삼촌이 사실은 외삼촌이고 숙모는 외숙모고, 할머니는 외할머니라는 것을 이해시키려고 장황하게 설명해야 했다. 초등학교 교과서에 그런 명칭들이 나오기 때문이다. 우리 가족은 아이를 키우면서 협력하고 함께 시간을 보내고 놀러 다니면서 확대가족의 유대를 강화했다. 아이는 결코 핵가족 안에서 키울 수 없다. 혈연으로 맺어진 가족이든, 마을 공동체든, 의식적으로 만든 양육 공동체든, 아이들은 공동체 속에서 자란다.

아버지가 망가뜨린 가족을 복원하는 것이야말로 어린 시절부터 나를 강하게 추동해온 내면의 동력이었다. 아이들을 통해 우리 가족은 다시 결합했다. 우리 가족은 불완전하게나마 일종의 모계사회를 구현하고 연대와 협력을 추구하고 있다.

맞벌이가 증가하면서 다시 확대가족으로 돌아가는 가정이 많다. 친정이나 시집과 같은 동네로 이사하기도 하고 아예 살림을 합치기도 한다. 이 과정에서 부작용도 많다. 친정 식구가 무상 노동력을 제공할 뿐 한 식구가 아니라면 일방적으로 시혜를 베푸는 셈이 되고, 시어머니가 아이를 맡으면서 며느리의 일을 대신한다고 인식한다면 서로가 피해의식에 사로잡히기 쉽다.

여성에게는 대개 모계 확대가족이 마음 편할 것이다. 아이를 키울 때만 협력하는 것이 아니라 모든 구성원이 평생에 걸친 가족으로서 돌봄과 부양을 주고받는다면 양육과 노후가 모두 해결된다. 딸이 여럿인 집안에서 딸들이 부모님을 살뜰하게 챙기는 것을 흔히 볼 수 있다. 딸들은 돈만 내는 것이 아니라 많은 시간과 정성을 들여 부모님을 보살핀다. 처음에는 남성 중심으로 굴러가던 집안도 시간이 흐르면서 점차 딸들 중심으로 모이게 되는 일이 흔하다. 그것은 여성이 가족 간 감정노동을 전담하는 가부장제의 일면과도 관련이 깊은데, 이렇게 감정노동을 여성에게 전가하던 시스템에서 여성의 지위가 상승하면서 관계를 주도하는 여성이 가정의 중심이 되는 경향이 강해지고 있다.

자매들은 늙어서 죽을 때까지 친하게 지내는 경우가 많고, 배우자 사망 후 함께 살기도 한다. 나 역시 말년을 함께 할 사람은 자매들이라고 생각한다. 내가 어린 두 딸과 함께 거리를 돌아다닐 때 모르는 할머니가 다가와 "지금은 둘을 키우기 힘들겠지만, 나이가 들면 정말 좋을 거야." "딸이 둘이나 있으니 참 좋겠네."라고 얘기한 적이 여러 번 있다. 자매가 둘, 딸이 둘인 나는 말년에 외로울 일은 없을 것 같다.

모든 사람에게 모계가족이 해법은 아니다. 어떤 사람에게는 모계가족이 억압이고 어머니가 고통의 근원일 것이다. 지금은 누구나 가족의 형태를 선택할 수 있는 시대다. 어쨌든 모계 확대가족은 아이를 키우는 데 이점이 많다.

신사임당은 친정에서 자유롭게 살던 어머니와 함께 외가에서 성장했고, 자신도 결혼 후 오랜 기간 친정에서 생활하며 아이들을 양육했다. 신사임당과 그 어머니는 모계가족의 절대적인 사랑과 지원 속에서 마음껏 학문과 예술에 몰입할 수 있었다. 지금도 아침 드라마의 단골 소재인 '시집살이' 같은 건 그들의 사전에 없는 말이었다. 가부장제 사회가 이상적 여성상인 현

모양처로 선전해온 인물이, 사실은 여성이 자신의 재능을 마음
껏 발휘하면서 동시에 아이들도 안정적으로 키울 수 있는 모계
가족의 장점을 대변하는 인물이었다. 신사임당은 당대에도 화
가와 시인으로 명성을 누렸다. 조선을 대표하는 학자이자 정치
가였던 율곡 이이의 정신적 지주가 아버지가 아니라 어머니였
음은 성리학자들도 부정하지 못한다. 그녀는 현대 한국의 5만
원권 지폐 모델이다.

가족을 둘러싼 세상

비혼 입양

아이를 키우면서 직장에 다녀야 했으므로 처음에는 대여섯 살 된 여자아이를 입양하려고 했다. 그 정도 된 아이라면 어린이집에 보낼 수 있고 아침과 저녁 몇 시간만 아이돌보미를 고용하면 되므로 직장생활에 큰 지장이 없을 것 같았다. 여자아이를 입양하겠다고 생각한 이유는 단순했다. 내가 여자였기 때문이다.

첫 번째 입양 상담에서 생각을 바꾸게 되었다. 입양 시기를 놓치고 나이를 먹은 입양아를 연장아라고 한다. 만 1세만 넘어도 연장아라고 부른다. 입양기관의 사회복지사는 연장아 입양은 서로가 친숙해지는 데 오랜 시간과 각별한 노력이 필요하다고 설명했다. 입양 대상 아동을 찾는 일도 쉽지 않다고 했다. 보육시설에는 유아나 아동이 많지만 부모가 친권을 포기한 경우는 드물기 때문이다.

　사회복지사의 설명이 이치에 맞는다고 느껴 나는 신생아를 입양하기로 했다. 연장아 입양은 양육에만 온전히 전념할 수 있는 가정이 나을 것 같았다. 나처럼 입양하기도 전에 아이돌보미를 고용할 생각을 하는 직장인에게는 무리일 것 같았다. 몇 년 뒤 둘째를 입양할 때 나는 연장아 입양의 어려움을 조금이나마 경험했다. 3개월에 입양한 첫째는 임신해서 직접 낳은 아이를 키우는 것과 무슨 차이가 있나 싶을 만큼 모든 과정이 너무나 자연스러웠다. 그러나 10개월에 입양한 둘째는 변화된 환경에 적응하고 정서적 안정을 얻기까지 오랜 시간이 걸렸다.

　수개월간 나는 각종 서류를 제출하고 여러 차례 상담을 받았다. 신분과 가족관계를 증명하는 서류들 외에 범죄경력회보서, 약물중독과 알코올중독 검사를 포함한 건강진단서, 재산 내역을 증명하는 서류들을 제출했다. 독신자라 경제력이 중요하다고 해서 부동산과 예금은 물론, 연금저축, 청약예금, 보험 가입 내용까지 탈탈 털어 제출했다. 몇 해 전 서울 대학가에 원룸 아파트를 산 것이 도움이 되었다. 직장에서 고속 승진을 해서 나이에 비해 직급이 높았다는 점도 긍정적으로 작용한 것 같다.

　왜 결혼을 안 했는지, 혹시 남성을 혐오하는 건 아닌지 등등 심리 상담이 이어지고 가족 상담도 두어 차례 진행되었다. 부모님은 결사반대할 것이 뻔했으므로 입양 과정이 진행되는 동안 알리지 않았다. 시간을 내기 어려운 언니를 제외하고 오빠와 여동생이 상담에 참여했다. 오빠는 내가 어려서부터 책임지지 못하는 일은 절대 벌이지 않고 늘 믿음직한 모습을 보여주었다고 말했고, 여동생은 자신도 아이의 양육에 적극 참여하겠다고 밝혀 입양이 성사되는 데 큰 도움을 주었다. 아이를 입양하겠다는 뜻을 밝히기 전에도 나는 형제자매가 나를 지지할 것을 의심하지 않았다. 우리 사남매는 혈연을 중시하지 않고 자유로운 성향과 따뜻한 품성을 지니고 있었으므로 내가 입양한 아이에 대해서도 편견 없이 사랑을 듬뿍 쏟을 것이라고 기대했고 실제로도 그러했다.

나를 잘 알면서 사회적, 경제적으로 안정된 위치에 있는 사람들의 추천서가 필요해서 나는 전 직장 동료와 현재 직장 동료에게 추천서를 부탁했다. 그들의 진심 어린 추천서가 입양 성공에 큰 도움이 되었다. 정말 감사한 일이다. 이처럼 몇 달에 걸친 서류 심사와 심리 상담, 가족 상담, 입양 교육 과정을 거쳐 나는 드디어 첫째 아이를 입양하게 되었다. 입양기관에서는 입양 후에도 여러 차례 방문해서 아이의 상태를 확인하고 가정환경을 살핀다. 입양기관에서 방문할 때마다 분주하게 집안을 치우며 무척 긴장되긴 했지만, 누군가 계속 아이를 관리하고 걱정한다는 것이 든든하게 느껴졌다.

☆ ☆

앞서 언급했듯 나는 비혼도 입양이 가능하다는 걸 2008년경 인터넷 검색을 통해 알게 되었다. 보건복지부는 국내입양 활성화를 위해 2006년 12월 30일자로 「입양촉진 및 절차에 관한 특례법」 시행규칙 개정을 통해 제2조 양친 될 자의 자격요건에서 '혼인 중일 것'을 삭제했다.

현행 「입양특례법」 시행규칙 4조 1항에는 양친 될 자의 나이 규정으로 '25세 이상으로서 양자가 될 사람과의 나이 차이가 60세 이내'라는 규정은 나오지만 독신자에 대한 규정은 없다. 그러나 입양기관 홈페이지에는 독신자의 경우 '35세 이상이고 입양 대상 아동과 50세 이하 차이가 나면 입양이 가능하다'라고 게재되어 있다. 「입양특례법」 제10조 및 제11조에는 '양친이 될 사람은 일정한 경제적 수준, 아동의 복리에 반하지 않는 직업, 범죄 및 약물중독 경력이 없을 것 등의 요건에 부합해야 하며, 가정법원은 양친이 될 사람의 입양의 동기와 양육 능력, 그 밖의 사정을 종합적으로 고려하여 입양 허가 여부를 결정한다'는 규정도 있다. 입양기관의 사회복지사는 비혼자가 입양하는 경우 부모 양쪽이 있는 경우보다 모든 면에서 훨씬 더 엄격한 기준으로 심사한다고 했다.

그 기관에서는 친생부모에게 비혼자가 아기를 입양해도 되는지 미리 동의를 구했다. 내 아이들은 친생부모가 동의했으므로 입양할 수 있었다. 그들은 왜 비혼자가 입양하는 것에 동의했을까? 아버지에 대한 기억이 안 좋아서 엄마가 혼자 키우는 게 더 낫다고 판단했을 수도 있다. 사실 그보다는 나보다 순번이 앞에 있었던 사람들이 입양을 거절했기 때문에 늦기 전에 빨리 입양시키고 싶어서였을 가능성이 크다고 본다. 담당 사회복지사가 자세히 얘기하지는 않았지만, 내 아이들이 앞선 입양 대기자들에게 거절당했음을 언급한 적이 있다. 한부모가족에 대한 편견이 없더라도 부모가 한 명뿐이라면 부모 양쪽이 있는 경우보다 일반적으로 경제적, 시간적 자원이 부족하므로 친생부모가 비혼 입양 희망자를 선호할 이유는 없다. 오히려 친생모가 입양을 보내는 이유 자체가 아이를 자신이 혼자 키우는 것보다 부모 양쪽이 있는 경우가 아이에게 더 바람직하리라고 믿기 때문인 경우가 많다.

나보다 순번이 앞섰던 입양 희망자들이 왜 예쁘고 건강한 아이들을 거절했을까? 비밀입양이 많은 우리나라에서 주변에 입양 사실을 숨기고 자신이 낳은 것으로 위장하려는 입양부모들은 혈액형에 따라 입양 대상 아동을 선택하고 외모가 닮았는지도 고려한다. 또한 친생부모의 학력, 이력 등을 까다롭게 따지는 입양 희망자들도 있다고 한다. 혼외출산이라도 친생부가 고학력에 전문직인 입양아를 선호한다든지, 범죄경력이 없고 여러 면에서 최대한 양호해 보이는 친생부모에게서 태어난 아이를 선호한다는 것이다.

입양기관에서는 입양 희망자에게 사전에 입양 대상 아기에 대해 기본 정보를 알려준다. 물론 친생부모가 누구인지 식별할 수 있는 정보는 제외한다. 만약 입양부모가 도저히 극복하지 못할 편견 때문에 향후 입양 성공에 문제가 될 내력이 아기에게 있다면 사전에 알고 피하는 게 서로에게 좋을 것이다.

입양 관련 책자와 기사들, 기관 등을 통해 알게 된, 아기를 입양 보내는 친생모들의 상황은 비슷했다. 성장기의 가정 해체, 이를 전후한 방임과 학대, 학교 중퇴와 가출, 동거, 원치 않은 임신이 공식처럼 이어진다. 부모를 의지하지 못하는 여성들은 이성에게 쉽게 의존하게 되고 그러한 의존성이 가정을 꾸리기 어려운 남자를 사귀거나 애인을 계속 바꾸게 하는 악순환을 낳는다. 그런 사람들의 내밀한 사연을 알게 되면 왜 자식을 직접 키우지 않냐는 말은 할 수 없다. 그들은 경제적 자립보다 심리적 안정이 더 시급해 보였다. 아이를 입양 보내기로 한 그들 역시 어렸을 때 친부모를 떠나 더 나은 가정에 입양되었더라면 좋았을 거라는 생각이 들었다.

좋은 환경에서 자라나고도 원치 않은 임신을 한 경우들도 있겠지만, 그런 경우는 부모가 일찍 손을 써서 임신중지를 하거나 아니면 늦둥이를 낳은 것처럼 주변을 속이고 손주를 직접 키우기 때문에 찾아보기 어려운 게 아닐까 싶다. 미국 드라마 〈위기의 주부들〉에서 주인공이 십 대 딸의 아기를 자신이 임신해서 낳은 것처럼 꾸며서 대신 키우는 것을 보고, 우리나라에도 그런 사람이 꽤 있을 것 같다는 생각이 들었다. 딸이 십 대면 어머니가 대개 사십 대라 얼마든지 출산할 수 있다. 딸바보가 많은 세상에서 딸이 혼외임신을 했다고 집에서 내쫓을 사람이 얼마나 될까? 딸이 혼자 힘들게 아이를 키우고 있는데 도와주지 않을 부모가 얼마나 될까?

통계청의 「인구총조사」에 따르면 2020년 우리나라의 미혼모는 20,572명이고, 미혼부는 6,673명이다. 연령대는 주로 3, 40대로서 아이를 키우는 미혼부모는 경제력이 있고 사회적으로 자립한 사람들임을 짐작할 수 있다. 이러한 통계는 미혼부모에 대한 편견 때문에 아이를 입양 보내는 것이 아니라 사회경제적으로 열악한 어린 부모의 상황 때문에 아이 양육을 포기한다는 것을 보여준다. 최근 청소년복지지원법이 개정되면서 청소년부모(만 24세 이하) 지원을 규정했다. 청소년부모가 아이를 키우면서 학업을 포기하지 않고 자립에 성공할 수 있도록 지원해야 한다.

출생신고를 하지 않고 아이를 유기하거나 베이비박스(한 종교단체가 운영하는 아동보호시설에서 보호자가 신원이 노출될 우려 없이 실외에서 아기를 놓고 갈 수 있도록 설치한 장치)에 넣는 경우는 근친상간, 외도, 성폭행으로 인한 임신도 많다고 한다. 친생모는 아이가 출생의 비밀을 모르는 채로 새로운 가정에서 자라는 게 낫다고 판단해서, 또는 현재의 가정을 지키려고 그런 결정을 내린다고 한다. 그들은 좋은 가정에 입양되기를 바라며 베이비박스에 아기를 넣지만, 출생신고가 되지 않은 상태로 보호시설에 맡겨진 아이들은 입양이 어려워 주로 시설에서 살게 된다. 그 아이들이 입양되려면 자치단체장이나 보육시설의 장이 적극적으로 나서야 하지만, 그들은 입양 전문가도 아니고, 잘못되면 책임만 뒤집어쓰게 되는 그런 일에 발 벗고 나서는 사람은 많지 않다. 그래도 최근 시민단체의 노력으로 위탁가정을 대거 모집해서 많은 아기가 보육시설로 직행하지 않고 일단 가정에서 보호받게 되었다.

위기아동을 돕기 위한 진지한 모색을 담은 『그렇게 가족이 된다』(2021년)에서 베이비박스 아기들에 대한 상세한 내용은 물론 보육원, 그룹홈, 보호종료아동(보육원 퇴소자), 위탁가정, 입양 가정에 대한 다양한 인터뷰와 최신 자료를 볼 수 있다.

☆ ☆

「입양특례법」은 일반 아동이 아니라 사정이 있어서 양육 자로부터 분리된 보호대상아동의 입양을 촉진하기 위한 법이 다. 이 법을 통한 입양보다는 민법에서 규정한 입양이 훨씬 더 많다. 민법상의 입양은 개인 간 합의로 입양하는 것으로 재혼가 정이나 친족 간에, 또는 잘 아는 사람끼리 입양하는 경우다. 일 반 입양은 기존 가족관계가 유지되는 데 비해 친양자입양 신청 을 해서 법원의 허가를 받으면 기존 가족관계가 끊어지고 입양 부모는 완전한 부모의 권리와 의무를 지닌다. 주로 재혼가정에 서 배우자의 자식을 친자식처럼 키우고자 할 때 친양자입양을 신청한다고 한다. 「입양특례법」에 의한 입양은 친양자입양과 같은 효력을 지닌다. 숫자도 많고 규제도 덜한 민법상 입양에서 파양이나 학대가 훨씬 더 많이 발생하는데도 사람들이 이 차이 를 잘 모르기 때문에 입양가정의 아동학대 문제가 불거지면 보 호대상아동 입양에 대한 여론이 나빠지는 경향이 있다.

「입양특례법」에 의해 입양 대상이 되는 아기들은 주로 미

<표 1> 보호조치 아동의 발생 원인

(단위: 명)

	2010	2011	2012	2013	2014	2015	2016	2017	2018	2019	2020
총계	8,590	7,483	6,926	6,020	4,994	4,503	4,583	4,125	3,918	4,047	4,120
학대 부모빈곤 실직 등	4,613	3,928	3,944	3,668	2,965	2,866	3,139	2,778	2,726	2,865	3,006
비행, 가출, 부랑	772	741	708	512	508	360	314	227	231	473	468
미혼부모 혼외자	2,804	2,515	1,989	1,534	1,226	930	855	847	623	464	466
유기	191	218	235	285	282	321	264	261	320	237	169
미아	210	81	50	21	13	26	11	12	18	8	11

e-나라지표(www.index.go.kr)

<표 2> 보호대상아동 보호조치 현황

	2010	2011	2012	2013	2014	2015	2016	2017	2018	2019
보호유형 계	8,590	7,483	6,926	6,020	4,994	4,503	4,583	4,125	3,918	4,047
시설보호	4,842	3,752	3,748	3,257	2,900	2,682	2,887	2,421	2,449	2,739
가정위탁 (입양전위탁포함)	2,124	2,350	2,289	2,265	1,688	1,582	1,447	1,417	1,294	1,199
입양	1,393	1,253	772	478	393	239	243	285	174	104
소년소녀가정	231	128	117	20	13	0	6	2	1	5

e-나라지표(www.index.go.kr)

<표 3> 입양 아동수

	2010	2011	2012	2013	2014	2015	2016	2017	2018	2019	2020
국내	1,462	1,548	1,125	686	637	683	546	465	378	387	260
국외	1,013	916	755	236	535	374	334	398	303	317	232
계	2,475	2,464	1,880	922	1,172	1,057	880	863	681	704	492

e-나라지표(www.index.go.kr)

혼부모에게서 태어났거나 혼외관계로 태어난 후 부모가 양육을 포기한 아기들이다. 부모가 양육하기 힘들어 보육원에 맡긴 아이들, 학대나 방임으로 부모와 분리 조치를 한 아이들이 보호대상아동 다수를 차지하지만, 그 아이들은 부모가 친권을 포기하지 않는다면 입양할 수 없다. 시설에서 생활하는 아동 중 일부는 봉사활동을 하던 사람에게 입양된다고 한다. 부모가 친권을 포기하지 않아 사실상 입양인데도 위탁가정 형태로 키우다가 아이가 성년이 된 후 정식으로 입양하기도 한다.

우리나라는 입양 희망 가정이 적어 입양이 가능한 아이들도 일부만 입양된다. 보호대상아동 다수가 시설에 수용되어 자란다. 그들 중 상당수는 부모의 법적인 권리가 살아 있으므로 보육원 출소 후 함께 살기도 하고 부모를 부양하기도 한다. 부모가 보호종료아동의 자립정착금을 가로챘다는 얘기를 여러 인터뷰에서 보았다. 최근 보호종료아동에 대해 관심이 높아지면서 각종 지원책이 마련되고 있고, 민간단체의 후원도 이루어지고 있다.

경제 수준이 높은 국가들에서는 입양 대상 아동보다 입양 희망 가정이 더 많고, 일시적으로 보호가 필요한 아동도 시설이 아닌 위탁가정에서 자라는 것이 일반적이다. 그러나 우리나라는 친인척이 아닌 일반 위탁가정 희망자가 적어 보호대상아동의 다수가 가정이 아닌 시설에서 자랄 수밖에 없는 상황이다.

2021년 보건복지부 국정감사에서 친권자가 있는 아동 시설 위탁 아동 10명 중 3명이 부모와 3년 이상 연락 두절 상태라는 현실이 지적되었다. 아동과 연락을 주고받은 경우에도 대부분 전화 통화였고, 직접 찾아와서 만난 경우는 13.7%에 그쳤다고 한다.

아이를 학대하거나 방임한 친권자가 다시 아이를 데려가려 해도 이를 막기 어렵다. 창녕 아동학대 사건에서 부모에게서 맨발로 탈출한 아이는 전에 살았던 위탁가정으로 되돌아가고 싶다고 호소했다. 아이는 고문 수준의 학대를 당한 후 스스로 탈출하고 나서야 부모의 손아귀에서 벗어날 수 있었다. 아이를 못 키운다고 맡겼다가 몇 년 후 다시 데려갔을 때, 아이가 잘 적응하는지 지속해서 부모와 상담하고 가정방문을 했더라면, 이런 일을 방지할 수 있지 않았을까? 이렇게 극단적인 사례가 아니더라도 보호종료아동이나 아동보호전문기관 관계자들의 인터뷰를 보면 원가정 복귀 후 상황이 나빠진 경우가 흔하다.

특히 심각한 학대나 방임이 일어났던 가정이라면 원가정 복귀 전에 심사를 강화해야 한다. 현실은 참혹하다. 아동학대 사망자 263명의 삶을 추적한 『아동학대에 관한 뒤늦은 기록』을 보면, 아이들이 자신의 형제자매를 때려죽인 부모 손에서 그대로 양육되고 있다. 심지어 남은 자녀가 있다는 것이 부모의 감형 사유가 된다. 그들은 형제자매의 죽음을 목격한 트라우마를 제대로 치료받지도 못했다. 여섯 아이를 줄줄이 낳은 한 엄마는 아들을 죽인 남편이 감옥에 있는 동안에도 다른 남자의 아이를 연이어 낳았고, 그중 한 명은 출산한 병원에 내버려 두어 보육시설로 보내졌으며, 남은 네 아이 중 한 명을 죽은 아이와 같은 이유로 학대하고 있었다. 그 아이도 출산했을 때 보육시설에 맡겼다가 다시 데려온 애였다. 기자의 노력으로 그 아이를 엄마와 분리하는 데 성공했지만, 남은 세 아이의 앞날도 염려된다. 그렇게 문제가 심각해 보이는 가정에도 현재 시점에서 학대의 증거가 명백하지 않으면 개입하기 어렵다. 학대의 증거가 명백해도 그 아이 하나만 분리할 수 있을 뿐이다.

이 책의 저자 중 한 명은 아동학대 사건의 다수가 친부모에 의한 학대인데 입양가정이나 재혼가정에서 발생한 학대 사건이 주로 이슈의 중심이 되는 것은, 혈연을 중시하는 우리 사회의 편견 때문이기도 하고, 친부모가 학대하는 경우 주변 사람들이 침묵하는 데 반해, 입양가정이나 재혼가정에서 발생한 학대 사건의 경우 그 일을 적극적으로 문제 삼고 이슈화하는 사람들이 존재하기 때문인 것 같다고 해석했다.

부모의 친권을 제약하는 것은 민감한 문제라 아무도 나서려 하지 않는다. 그러는 사이 아이들은 입양되어 새로운 가정을 가질 기회 자체를 얻지 못하고 성장기 내내 불안정한 지위로 보육원, 그룹홈, 위탁가정 등을 오가다 성인이 된다. 보육원의 보육사, 그룹홈 운영자, 위탁부모 등이 헌신적으로 아이들을 돌본다 해도 그런 제도가 일시적으로 보호가 필요한 아이를 돌본다는 전제로 운영된다면 한계가 크다. 부모가 수년 이상 아이를 양육하지 않으면서 뚜렷한 이유 없이 만나러 오지도 않고 연락도 잘 안 된다면, 부모의 친권을 제한하고 아이가 성인이 될 때까지 장기적인 관점에서 미래를 설계할 수 있도록 지원해야 할 것이다.

☆ ☆

친생부모의 직업이나 경력, 임신 과정 때문에 입양아에 대해 편견을 갖는 사람들이 있다. 내 제한된 과학 지식에 따르면 유전되는 자질들이 어떤 식으로 발현될지는 환경에 달려 있다. 부모가 도둑이면 자식도 도둑이 될까? 민첩한 신체 능력과 약삭빠른 두뇌를 타고난 아이는 환경에 따라 도둑이 될 수도 있고 스포츠 선수가 될 수도 있다. 아이가 부모에게서 물려받는 자질은 신체 능력과 지능이지 도둑의 가치관이 아니다. 충동적인 성향과 대담한 기질을 타고난 아이는 환경과 어떻게 상호작용하는가에 따라 범죄자가 될 수도 있고 예술가나 사업가가 될 수도 있다. 친생부모가 몹시 불운한 상태에 있다고 해서 그들의 자식까지 그 불운을 대물림할 거라고 예상하는 것은 비과학적이다.

입양기관에서는 친생모가 임신 중에 술, 담배, 약물 등을 했는지 물어본다. 솔직하게 소주 몇 잔 마시고 담배 몇 개비 피웠다고 답한 기록이 입양을 꺼리게 하는 요인이 되기도 한다. 외국과 달리 우리나라 가임기 여성의 마약 중독률과 약물 중독률이 미미한 것은 참으로 다행한 일이다. 물론 하룻밤에 소주 몇 병 해치우는 십 대 소녀들은 우리나라에도 흔하다. 마약 중독 여성에게서 태어난 입양아들이나 '태아알코올증후군' 입양아들을 연구한 해외 자료를 다룬 입양 관련 도서를 읽으며 그런 아이들이 얼마나 많으면 이렇게 체계적인 연구들이 이루어졌을까 하는 생각을 했다.

내 아이들의 친생모는 임신 기간에 약간 음주를 하고 담배를 몇 개비 피웠다고 기록에 적혀 있다. 그들은 술, 담배를 전혀 하지 않았다고 거짓말을 할 수도 있었다. 어쩌면 술, 담배를 많이 했는데 줄여서 얘기했을 수도 있다. 어쨌든 우리 아이들은 입양할 때는 물론 지금까지 자라는 내내 아주 건강했다.

입양기관에서는 입양아들의 건강검진을 철저히 하는 것 같다. 국내에는 입양 희망 가정이 적고 건강 이상 아동(아기 때 영구적인 장애 여부를 판단하기는 어려워 이렇게 부른다)을 입양하려는 가정은 더 적어 미숙아로 태어났거나 장애가 있는 아이들 상당수는 해외로 입양된다. 국내 입양을 추진하다가 안 되는 경우만 해외로 입양되는데 입양 절차가 오래 걸려서 2년 정도 입양기관에서 보살피고 치료하는 실정이기 때문에 입양기관으로서는 신속한 입양 진행을 위해 아기가 태어났을 때부터 건강검진과 장애 여부 확인에 주의를 기울일 수밖에 없다.

건강 이상 아동을 입양하는 가정이 늘어나면 좋겠지만 단순한 문제가 아니다. 양육에만 전념할 수 없는 직장인이라 연장아 입양도 엄두를 내지 못한 나에게는 불가능한 선택이었고, 사실 장애아의 경우에는 해외에 입양되는 것이 더 낫지 않을까 하는 생각도 했다. 해외의 부유층이 우리나라 장애아를 입양해서 사비를 들여 치료해 주고 좋은 직업을 갖게 해준 사례를 흔히 찾을 수 있다. 높은 사회경제적 지위를 누리며 전문직으로 활약하는 해외입양인 장애인을 보면, 과연 우리나라에서 자랐더라도 그렇게 살 수 있었을지 의문이 생긴다. 우리나라도 장애인이 마음껏 잠재력을 발휘할 수 있도록 바뀌어야 한다. 그러나 경제 선진국이 되었어도 입양률 자체가 저조한데, 장애아 입양 활성화를 기대하기는 최소한 당분간은 어려워 보인다.

　2019년 국내 입양의 경우 건강 이상 아동이 전체의 13.2%인데 비해 국외 입양은 전체의 35.3% 정도였다. 또한 국내 입양 성별 비중은 여아가 67.7%, 연령별로는 3월~1세 미만 아동이 69.8%로 가장 많이 나타났다. 국외 입양은 남아 비율(73.5%)이 높고 연령별로는 1~3세 미만이 전체의 95.6%를 차지한다. 2020년에는 국내 입양 여아 비중이 65.4%였고, 3월~1세 미만 아동이 60.4%였다. 국외 입양은 남아의 비중이 82.8%, 1~3세 미만 아동이 97.0%였다. 국외 입양을 금지하라는 목소리가 높지만, 국내 입양이 감소하는 현실에서 국외 입양도 금지하면 연간 수백 명의 아기가 자신의 가정을 얻을 기회를 상실할 것이다.

☆ ☆

　형제복지원 사건이 보여주듯, 우리나라에서는 1980년대까지 아무나 길거리에서 붙잡아 마구잡이로 부랑아 시설에 몰아넣고, 부모를 제대로 확인하지도 않고 해외에 입양을 보냈다. 정부가 나서서 미군 상대의 성매매를 '외화벌이'라고 장려하거나 일본 관광객 대상의 '기생 관광'을 지원했던 시대다. 아이들을 대량으로 해외로 보냄으로써 외화벌이 겸 복지 비용 절감을 꾀했던 것 같다. 미군은 필요로 하면서 혼혈아들을 책임지기는 싫어 해외로 보내는 데 앞장섰다. 입양을 보낸 후에는 그들이 어떻게 사는지 확인도 하지 않았다. 이런 아픈 역사에 대해 정부가 책임을 지고 해외입양인 인권 보호에 온 힘을 다해야 한다. 특히 국적 문제가 있거나 다시 한국인이 되고자 하는 사람들에 대해 세심한 대책을 마련해야 한다.

그러나 형제복지원의 경우 처음부터 설립과 운영에서 범죄적 성격이 있었던 반면, 일반적인 보육시설과 입양기관을 같은 차원에서 보기는 어렵다. 정부가 해외 입양을 장려하는 상황에서, 실적에 눈이 먼 일부 보육시설 운영자나 입양기관 담당자들, 관공서 공무원들이 서류 작업을 소홀히 하고 위조를 한 사례들이 있었겠지만, 그것이 조직적 범죄 차원이었다고 볼 수는 없을 것 같다. 1980년대에 KBS에서 이산가족 찾기 생방송을 대대적으로 진행해 많은 이산가족이 상봉했다. 성인들도 그렇게 적극적으로 나서야 가족을 찾을까 말까였는데, 기아나 미아의 부모를 찾는 건 훨씬 더 어려웠을 것이다. 부모가 보육원에 맡긴 경우라도 연락이 끊어진 경우가 많았을 것이다. 어차피 친생부모가 다시 아이를 찾을 일은 없다고 생각했거나 해외 입양을 가는 편이 가난한 부모가 키우는 것보다 낫다고 생각해서 서류 작업을 소홀히 한 사람들도 있었을 것이다. 당시는 정부뿐만 아니라 일반인들도 인권에 대한 인식이 낮은 시절이었다. 해외입양인이 현대 한국을 방문하면 이렇게 잘살고 행정 시스템이 잘 갖춰진 나라가 왜 그토록 많은 아동을 해외로 보냈는지, 왜 친부모를 그토록 찾기 어려운지 충격을 받을 수밖에 없을 것이다. 그러나 1980년대까지는 지금과 상황이 크게 달랐다.

이제라도 친생부모를 확인하려는 해외입양인에 대해 관련 기관이 적극적으로 협조해야 하지만, 오래전 기록을 찾기 어렵거나 기록 자체가 부실한 경우가 많다고 한다. 특히 친생부모가 만남을 원치 않는 경우 난감하다. 얼마 전 친자확인소송을 통해 친생부를 만난 경우가 있었는데 그 해외입양인의 목적은 친생모에 대해 알아내려는 것이었다. 그러나 아버지는 억지로 만난 자리에서도 유전자 증거와 친자관계를 부인하며 아무것도 알려주지 않았다. 많은 친생부모가 수십 년 전 입양 간 아이보다는 현재의 가족을 더 중시할 것이다. 정부와 민간기관에서는 정보 공개 의무가 법적으로 뒷받침되지 않는다면 민원을 피하려고 이런 복잡한 문제에 휘말리기를 꺼릴 것이다. 그래서 입양인의 만남 요청에 대해 친생부모가 여러 차례 답변을 하지 않는 경우 그들의 개인정보를 입양인에게 알려주거나, 기관에서 친생부모에게 연락할 때 우편 방식이 아니라 전화로 연락해 확실하게 답변을 받도록 법제화하자는 움직임이 있다.

　과거의 잘못된 해외 입양 관행에 대해 '고아 수출'이라는 자극적인 표현을 쓰는 것은 바람직하지 않다. 해외에 입양되어 행복하게 사는 사람들도 많다. 당시 우리나라의 인권 수준이 후진적이었고 절차에 많은 문제가 있었지만, 수많은 양부모와 위탁모와 입양기관 종사자는 헌신적으로 아이들을 돌보며 해외 입양이 그들에게 더 나은 미래를 보장해 줄 것이라고 진심으로 믿었다. 45.3%라는 기록적인 시청률의 드라마 〈넝쿨째 굴러온 당신〉(2012년)의 남주인공은 해외입양인이다. 능력 있는 고아를 이상적인 배우자로 여기던 여주인공은 멋진 외모와 직업을 가진 해외입양인과 결혼했다가 친생부모와 친족이 넝쿨째 굴러오는 충격적인 경험을 하게 한다. 대중 드라마답게 여주인공이 엮이기 싫었던 시집 식구들과 티격태격하다가 정이 든다는 따뜻한 얘기다. 이처럼 해외입양인은 세련된 매너와 계급 상승의 아이콘으로 대중문화에 등장하곤 했다. 당시 남주인공 방귀남 캐릭터는 '국민 남편'으로 불렸다. 해외 입양과 관련된 사람들을 악의적으로 묘사하는 것은 대중적인 판타지와 큰 차이가 있다. 현실은 달랐더라도 대중적 인식이 그러했으므로 해외 입양 관계자들 역시 그런 생각을 하고 있었을 가능성이 크다.

　오래전 내가 아는 고등학생이 입양 사업을 하던 사회복지법인에서 장학금을 받았다. 한국 아이를 여러 명 입양한 미국인 부부가 한국의 가난한 고등학생과 결연해서 친필 편지를 쓰고 가족사진을 동봉했다. 부유한 외국인의 입양 수수료와 후원금으로 복지사업을 했던 과거의 역사를 '고아 수출'로 매도하기보다는 급속한 경제 발전으로 오히려 다른 나라를 도와줘야 할 상황이 된 현실을 축복하고 복지사업 확대의 계기로 삼는 게 바람직하지 않을까? 해외 입양 수수료가 비싸다는 점 때문에 돈벌이를 위해 아이들을 외국에 팔았다고 얘기하는데, 사회복지법인이 수익을 올려봤자 개인이 착복하는 게 아니라면 대부분 인건비와 사회사업비로 지출할 것이다. 회계감사를 철저히 해서 방만하게 자금을 운용했는지 점검하고, 누군가 횡령한 사람이 있다면 처벌할 문제다. 입양 수수료를 적법하게 사회사업을 하는 데 사용했다면, 당시 복지에 재정을 투입할 여력과 의지가 부족했던 우리나라 상황을 탓할 일이다. 전문인력의 통역비나 인건비 등을 제외하더라도 국외 입양을 가기까지 약 2년간 아기를 키우는 데만 최소한 수천만 원 이상 든다.

지금까지도 해외 입양 수수료가 비싼 것은 정부에서 해외 입양을 금지하겠다고 했으면서도 그럴 수 없는 현실에서 이 문제에 개입하기를 꺼렸기 때문으로 보인다. 금지하지 못하면서 정부가 해외 입양 사업을 책임지고 재정을 투입하면 비난 여론을 감당하기 어려울 것이기 때문이다.

모든 결정은 개별 아동의 복지를 최우선으로 고려해서 이루어져야 한다. 국외 입양에 문제가 많았다는 것과 국외 입양을 전면 금지해야 한다는 것은 다른 문제다. 지금 당장 국외 입양을 금지하면 대상 아이들 대부분은 성장기 내내 보육시설에서 자랄 것이다. 외국에 입양되는 것보다 보육원에서 자라는 게 더 나을까? 성공적인 해외 입양 사례와 비극적인 사례는 어느 쪽이든 관련 사례를 끝도 없이 열거할 수 있다.

2021년 2월 KBS〈다큐멘터리 3일〉에서 보호대상아동 중 영유아를 키우는 보육시설인 '영아원'을 취재한 이야기가 방영되었다. 2020년 10월 발생한 입양아동 사망 사건인 일명 정인이 사건으로 입양이 거의 중단되자, 영아원 선생님들이 입양 활성화를 위해 취재를 자처했다고 한다. 그들은 정말 헌신적으로 아이들을 돌봤지만, 시설에서 아이를 키우는 것은 해답이 아니고 아이들이 좋은 가정에 입양되어야 한다고 분명하게 이야기했다.

전문가들에 따르면 아이들이 집단시설에서 일시적으로 보호받는 건 괜찮지만 너무 어리거나 너무 장기간 지내게 되면 발달에 문제가 생긴다고 한다. 모든 아이는 자신만 절대적으로 사랑해 줄 사람이 필요하다. 가정에서 여러 아이를 키울 때도 부모를 독점하려는 아이들의 욕망을 조율하기 힘든데, 시설에서 자라는 아이들은 양육자의 전적인 관심을 받지 못하고, '나만의 것'이라는 소유 개념을 형성하지 못해 어려움을 겪는다는 것이다. 여러 입양가정과 미혼모, 입양인 등을 취재해 완성한 『세상의 모든 소린이에게』에는 태어나면서부터 시설에서만, 그것도 아주 오랜 기간 생활한 연장아를 입양한 얘기가 나오는데, 아이나 부모나 적응 과정이 만만치 않다. 입양가정과 위탁가정이 증가하지 않는다면, 많은 아이가 갓난아기 때부터 시설에서 자랄 수밖에 없다.

☆ ☆

미혼모에 대한 편견이 없어지면 미혼모가 직접 아이들을 키울 것이므로 이런 문제가 대부분 해결된다고 주장하는 사람들도 있다. 그러나 표 1의 보호조치 아동 발생 원인에서 알 수 있듯, 준비 안 된 미혼모라서 양육을 포기하는 경우는 전체 보호대상아동의 1/9에 불과하다. 사실 그 수치는 엄밀히 말해 혼외관계 출생이다. 즉, 미혼부모가 낳은 아이뿐만 아니라 외도로 낳은 아이를 포함하는 수치다. 외도로 낳은 아이의 양육을 포기하는 것은, 세상의 편견 때문이라기보다는 현실적 이해관계를 고려해서 내린 결정일 것이다. 유기 아동 중 상당수도 미혼부모의 자녀거나 외도로 태어난 아기일 텐데 그 비중을 정확히 알기는 어렵다. 현실은 복잡하고 양육을 포기하는 이유는 다양하다. 무엇보다도 정부가 아동학대에 단호하게 대처한다면, 양육자와 분리되는 아동은 지금보다 훨씬 더 늘어날 것이다. 청소년 가출의 주된 원인이 가정폭력과 방임이라는 사실은 잘 알려져 있다. 이런 위기가정에 조기에 개입할 수 있다면 수많은 청소년들이 위험한 선택을 하기 전에 그들을 보호할 수 있다.

현실은 양육자가 없는 아동 중 극히 일부만 입양이 가능한데다 국내 입양이 저조해서 입양 대상 아동의 상당수가 해외로 입양될 수밖에 없다는 것이다. 즉 문제를 해결하려면 질문을 바꿔야 한다. 왜 주로 미혼부모 자녀를 입양하는가가 아니라, 왜 양육자가 없는 아이들, 성인이 될 때까지 부모가 양육하지 않는 아이들 다수가 입양 대상이 아니고 위탁가정에서 보호받지도 못한 채 집단시설에서 자라는가가 문제의 핵심이다. 이런 현실을 고려하지 않고 국외 입양을 전면 금지하고 국내 입양 심사를 강화하는 데만 초점을 맞춘다면 전체 보호대상아동의 복지를 강화하는 것이 아니라 입양률만 낮아지게 된다. 보호대상아동 전체, 밖으로 쉽게 드러나지 않는 위기가정의 아이들까지 총체적으로 점검하고 정책을 세워야 한다.

보호대상아동 관리나 입양 절차에 있어서 점차 국가의 역할이 강조되고 있다. 그동안 전문성이 부족한 정부에서는 입양기관과 아동보호전문기관에 입양 절차와 아동학대 관리를 맡겨왔다. 정부 조직 자체에 전문가들을 확보하고 외부의 전문가들과도 긴밀하게 연계해야 한다. 과거 중앙정부와 지방자치단체는 아동보호 문제에 적극적으로 개입하기를 주저했던 것 같다. 사건 하나가 터지면 모든 노력이 물거품이 되고 온갖 비난만 받으니 민간기관을 앞세우고 책임질 일을 최대한 피하게 되기 쉽다.

한없이 복잡한 아동보호 문제에 대해 자극적인 보도를 일삼는 언론과 아동학대 문제를 상업적으로 이용하는 세력도 문제다. 충격적인 소재를 찾는 데 혈안이 된 1인 미디어들에 아동학대는 좋은 먹잇감이다. 아동학대 현장과 법원으로 찾아가 비분강개한 어조의 방송을 연일 내보내며 후원금을 모집해 착복한 사람도 있다.

학교폭력 발생 자체가 교장의 책임이 아니라 학교폭력에 어떻게 대처하는가가 교장의 책임이다. 마찬가지로 아동보호 문제 자체가 정부 책임이 아니라 아동보호 문제에 어떻게 대처하는가가 정부의 책임이다. 책임감 있게 할 일을 하는 사람이나 기관에 대해서는 결과가 나쁘더라도 부당한 비난을 퍼붓지 말아야 한다. 그렇지 않다면 아동보호 문제는 누구도 책임지지 않으려는 난맥상에 빠질 것이다. 그냥 시간만 끌면서 일이 되는 것도 아니고 안 되는 것도 아닌 상태로 질질 끄는 것은 모든 관료조직의 흔한 수법이다. 아동보호가 획기적으로 진전되려면, 중앙정부, 지방자치단체, 경찰, 사회복지법인, 아동보호전문기관이 유기적으로 연결되어 각자의 역할을 다해야 한다.

입양아동 학대가 발생하면 모든 입양가족을 전수조사해야 한다는 주장이 여기저기서 터져 나오는 나라에서 입양이 활성화될 수는 없다. 우리나라가 미국처럼 상류층 가정이 아이를 입양하려고 줄 서 있는 상황이라면 나같이 평범한 비혼 여성에게까지 순번이 오지는 않았을 것 같다.

둘째 입양 과정

첫째 입양도 나름대로 까다로운 절차를 거쳤다고 생각했는데, 둘째 입양은 그에 비할 바가 아니었다. 2012년 개정 「입양특례법」이 시행되면서 친생모가 아이를 출생 신고한 후 가정법원의 판결을 통해 아이를 입양하도록 제도가 바뀌었다. 제출 서류, 입양기관의 가족 상담, 입양 교육은 비슷했지만, 가정법원에서 의뢰한 심리기관의 심리 검사를 받고 법원의 판결을 거친다는 점이 달라졌다. 법원에서 조사관을 파견해 가정환경을 조사하기도 했다. 아무런 전문성이 없어 보이는 연로한 조사관을 보며, 은퇴한 법원 공무원이 '꿀알바'를 하는 게 아닐까 의심했다. 나는 엉뚱한 소리를 늘어놓는 그에게 열심히 장단을 맞추며, 혹시라도 밉보일까 봐 전전긍긍했다.

지난번처럼 추천인을 요구했는데, 이번에는 추천인들의 인 감증명서를 요구했다. 부동산 매도 때나 사용하는 인감증명서를 가족이 아닌 사람에게 떼어달라고 부탁하기가 부담스러웠지만, 다행히 이번에도 전 직장 동료 두 명의 추천서와 인감증명서를 받아 제출할 수 있었다. 민감한 부탁을 들어준 추천인들에게 무척 고마우면서도 정부 기관이 개인의 정보를 속속들이 파악하고 있는 우리나라에서는 인감증명서 말고도 추천인의 신원 확인이 얼마든지 가능할 텐데 하는 의문이 들었다.

「입양특례법」 개정 전에는 입양 과정에 수개월이 소요되었으나 개정 이후에는 10개월 정도 걸렸다. 가정법원에서도 입양 허가는 다른 사건보다 많이 서둘러 진행하는 편이라고 했다. 나는 2013년 초 둘째 아이 입양을 추진했고, 10월 말 입양 허가를 받았다. 첫째를 3개월일 때 입양한 것과는 달리 둘째는 10개월일 때 입양했다. 그 차이는 아주 컸다. 아기의 낯가림은 6개월 전후 나타나고 12개월이 넘어가면서 완화된다고 하는데, 나는 둘째를 낯가림이 가장 극심한 시기에 입양하게 되었던 것이다. 낯가림이 전혀 없는 3개월 아기를 키우는 것과 낯가림이 극심한 10개월 아기를 키우는 것은 완전히 다른 경험이었다.

입양기관에서도 「입양특례법」 개정 이후 이 문제를 인식하고 입양 희망자들에게 법원 심사가 진행될 동안 미리 아이를 위탁해서 키우라고 권했다. 아이를 위탁해서 잘 키우고 있으면 법원 심사 과정에서도 더 유리할 것이라고 했다. 그러나 이미 첫째를 입양해서 잘 키우고 있다는 점은 심사에 유리하겠지만, 담당 판사에 따라 내가 비혼이라는 점이 부정적으로 작용할 수 있었으므로 아이를 위탁해서 키우더라도 입양 허가를 받을 수 있을지 불확실했다. 비혼인 여자가 아이 하나는 몰라도 둘은 키우기 힘들 거라고 판단할 수도 있었다. 만약 아이를 몇 달 위탁해서 키우다가 입양 허가를 못 받으면 나는 물론 양육 환경이 또 바뀌는 입양 대상 아기의 충격이 클 것이었다. 그래서 입양이 확정되기 전까지는 아이를 처음부터 맡아 키우던 위탁가정에서 돌보는 게 낫다고 생각했다.

'정인이 사건' 이후 이러한 입양 전제 사전 위탁을 '입양 쇼핑'이라는 표현으로 비하하는 사람들이 있었는데, 이것은 내가 경험한 것과는 맥락이 전혀 다르다. 당시 입양기관 사회복지사는 아이의 낯가림과 적응을 염려해서 5~6개월인 아이를 사전에 위탁해서 키우다가 입양하는 게 좋겠다고 조언했다. 만약 5~6개월에 위탁해서 키우다가 10개월에 정식으로 입양 허가가 떨어졌다면, 이후 아이와 내가 극심한 고통을 겪게 되지는 않았을 것이다.

가정법원의 허가가 떨어진 후, 전쟁 같은 상황이 이어졌다.

둘째는 하루아침에 양육자가 바뀌자 극도로 불안해하며 경기를 일으키듯 부르르 떨면서 처절하게 울 때가 많았다. 입양 전 몇 달간 여러 번 만나 얼굴을 익히고 놀아주기도 했지만, 양육자와 양육 환경이 전면적으로 바뀌었다는 것은 위탁모를 엄마로 알고 자라던 아이에게 세상이 무너지는 경험이었을 것이다. 생존의 공포를 느끼는 듯 아주 절박한 울음소리였다. 목청이 워낙 우렁차서 온 집안이 떠나갈 것 같았다. 아이를 달래면서 이 아이는 나중에 로커가 되지 않을까 하는 생각마저 들었다. 밤새도록 울어대는 통에 나와 첫째는 잠을 잘 이루지 못했다. 당시 나는 상가주택에 살고 있었는데, 만약 다세대주택이나 아파트에 살았더라면 이웃들의 신고로 집에서 쫓겨났을 것 같다.

둘째를 입양하고 몇 개월 후 아파트로 이사했는데, 거기서도 한 번 울면 쩌렁쩌렁한 울음소리가 아파트 동 사이사이로 널리 울려 퍼지는 것 같았다. 다행히 수개월이 지나면서 불안 증세가 다소 호전되어 심하게 우는 일이 확연히 줄어들었기에 이웃 간에 마찰이 생기지는 않았다. 처음에 아이는 늘 쌀뜨물 같은 설사를 했는데 그것도 점차 나아져서 황금빛 건강한 똥으로 변했다. 어둡고 생기 없던 아기는 시간이 흐르면서 애교가 철철 넘치는 예쁜 아이로 성장했다. 하지만 멀쩡하다가도 뭔가에 스트레스를 받으면 처음에 보였던 불안 증세를 되풀이하며 모든 손길을 거부하고 악을 쓰며 발버둥을 쳤다. 아이가 완전히 안정을 찾기까지는 수년이 걸렸다.

아이가 발버둥 치는 걸 멈추면 나는 한참 동안 꼭 안아 주었다. 말을 잘하게 된 이후에는 자신의 감정을 표현하고 상대방에게 섭섭한 게 있으면 적절한 방식으로 사과를 요구하거나 화해하도록 지도했다. 지금은 기분이 나빠도 난동을 부리며 악을 쓰는 일은 거의 없고, 삐쳐서 한참 동안 씩씩거리다가도 시간이 흐르면 제 발로 걸어와 왜 화가 나거나 슬펐는지 구구절절 이야기하며 잘못했다고 사과하거나 반대로 나나 언니에게 사과를 요구하기도 한다. 친구들이 잘못했으니 그들을 혼내라고 하기도 하는데, 그럴 때마다 내가 남의 집 애들을 혼낼 수는 없고 네가 직접 조리 있게 네 감정을 표현하고 사과를 요구하라고 한다. 그래도 시정하지 않으면 며칠 동안 만나지 않음으로써 친구에게 경고하라고 조언하기도 한다. 어쩔 수 없는 일은 되도록 빨리 잊어버리고 자신이 통제할 수 있는 일에 집중하라고 한다.

왜 화가 나고 슬픈지 기억하지 못하거나 이유를 알 수 없을 때도 있다. 그럴 때는 그냥 좋아하는 일을 하거나 잠을 자라고 한다. 잠을 잘 자고 나면 세상이 달라진다.

둘째는 생후 1년간 양육자가 두 번 바뀌는 불안정한 상황에서 처절한 무력감과 좌절감을 끝없이 악을 쓰며 우는 것으로 토로했다. 그러나 이제 영구적인 가정을 얻었고 한 해 한 해 성장하며 나날이 강해지고 있다. 무력한 피해자가 아니라 주체적으로 생각하고 표현하고 대응할 수 있는 강한 존재가 되어가고 있다. 나는 아이가 맞닥뜨릴 수 있는 갖가지 도전에 대해 최대한 미리 설명해 주고 대응 방안을 생각하도록 이끈다. 그리고 어떤 문제가 있든 엄마와 의논하면 다 해결된다고 세뇌한다. 내가 모든 문제를 해결해 줄 수는 없지만, 아이에게 어떤 상황에서든 비빌 언덕이 있다는 확신을 심어주어야 하기 때문이다.

☆ ☆

입양부모의 자격 심사를 철저하게 하면서도 관계기관이 발 빠르게 움직여 생후 3, 4개월 이내에 입양이 확정되도록 하면 좋을 것 같다. 심사 기간이 길어져 낯가림이 시작되면 새로운 가정에 적응해야 하는 입양아들의 고통이 너무 커진다.

21개월에 입양기관에 맡겨진 아이에 대한 학대 사건(은비 사건)이 있었다. 십 대 미혼모였던 친생모는 가장 손이 많이 가는 기간에 아기를 키웠으면서도 결국 입양을 결정했다. 아이는 입양 전제 위탁가정에서 키우다가 내쳐지고 다시 입양을 전제로 위탁 양육한 가정에서 처참한 아동학대를 당했다. 그 입양기관을 설립한 종교기관은 한부모가족 지원시설도 운영하고 있다. 애초에 1년이 훨씬 넘는 기간 동안 친생모가 키운 아이의 입양을 추진하는 것도 바람직하지 않았지만, 첫 번째 위탁가정이 아이를 못 키우겠다고 했을 때라도 다른 가정에 또 인계하기보다는 입양 진행을 포기하고 그 모녀를 한부모가족 지원 부서로 이관했으면 좋았을 것이다. 그렇게 상처가 심한 아이를 새로운 가정에서 잘 키우기는 어렵다.

내가 아이를 입양할 때 중개한 입양기관의 담당자는 연장아 입양이 얼마나 어려운 일인지 설명하고 단호하게 갓난아기를 입양하라고 조언했다. 내가 아이를 처음 키우는 데다 직장인이었으니 그렇게 조언하는 게 당연했다. 내 아이 두 명의 입양을 담당했던 그 사회복지사는 현재는 같은 기관 소속의 미혼모 지원시설에서 일하고 있다. 종교기관이 아닌, 입양 사업을 기반으로 설립된 사회복지기관들도 지금은 사회의 변화에 따라 입양 사업을 축소하고 미혼모 지원이나 아동보호, 노인과 장애인 보호 위주로 복지사업을 전개하고 있다.

입양기관의 전문성과 책임감은 기관마다 담당자마다 차이가 크고 입양을 주선하는 아동보호시설 중에는 입양 전문가라고 할 만한 사람이 없는 곳도 있다. 아이의 발달 상태나 정서적 상황을 고려한 전문가가 철저하게 입양 전반을 관리하게 했다면 그런 파국적인 결과를 막을 수 있지 않았을까?

그 아이는 입양을 보내지 말아야 하는 경우였다. 친생모와 완전히 애착을 형성한 시기에 갑자기 분리되어 새로운 부모를 만나는 것은 아기에게도 양부모에게도 너무 힘든 일이다. 아기를 오랫동안 키운 친생모가 포기하지 않도록 최대한 지원해 주고, 그래도 친생모가 도저히 못 키우겠다고 하면 입양을 보내든 시설에서 보호하든 워낙 양육 환경의 변화에 민감한 시기이므로 아동심리 전문가가 지속해서 상태를 관찰했어야 했다.

이제 입양 상담을 지방자치단체에서 진행한다고 하는데, 입양과 친생부모 양육 지원에 대해 편견 없이 아동의 이익을 최우선으로 삼는 원칙이 중요하다. 입양기관이 돈벌이를 추구하는 게 문제라고 주장하는 사람들이 있지만, 입양 사업과 한부모 가족 지원 사업을 모두 하는 사회복지법인에서 돈벌이 때문에 위의 사건과 같은 비극이 발생했다고 볼 수 있을까? 국내 입양이나 미혼모 지원이나 모두 국가 지원과 기부금으로 하는 사업이다. 특히 그 입양기관은 국외 입양 사업은 하지 않고 국내 입양만 추진하는 곳이었다. 이 사건에서는 부서 이기주의, 혹은 담당자의 판단 착오나 개인적 성과에 대한 욕심 같은 게 문제 아니었을까? 이런 문제는 정부 기관에서도 발생할 수 있다.

민감한 시기에 친생부모와 분리되거나 꼭 필요한 시기에

애착을 형성할 주 양육자가 없어 정서적으로 어려움을 겪는 보호대상아동이 아주 많을 것이다. 주 양육자의 일은 하루 24시간, 일 년 365일 해야 하는 일이다. 직장에 다니더라도 주말에는 집에 있고 아침과 밤에 아이와 함께 생활하고 함께 잠을 잔다. 그런데 영유아가 시설에서 자란다면 기관에서 일하는 사람이 24시간 근무를 매일 할 수는 없으니 여러 선생님이 돌아가면서 돌볼 수밖에 없어 아기는 애착을 형성할 주 양육자가 누구인지 알기 어려울 수 있다. 그리고 워낙 힘든 일이라 돌봄 선생님들의 이직률이 높다고 한다. 입양 여부와 상관없이 모든 보호대상아동에 대해 아동심리 전문가가 지속해서 관찰하도록 하는 것이 바람직하다고 본다.

입양부모에 의한 아동학대 사건이 발생하면 입양 자격 심사를 왜 철저하게 하지 않았는지 지적하는 경우가 많은데, 친부모든 양부모든 아동학대를 저지른 사람들은 대부분 자신이 그런 짓을 저지를 줄 몰랐다. 자신도 예상할 수 없는 일을 제삼자가 상담과 서류만으로 예측하기란 어렵고, 그 예측의 근거와 타당성을 제시하기도 어렵다. 사람이 할 수 있는 일은 아기와 양육자가 스트레스를 심하게 받는 상황을 예방하고 조기에 개입하는 일이다. 그러려면 보호대상아동이 발생했을 때부터 그 아동이 성공적으로 재정착할 때까지 전문성이 높은 책임자가 지속해서 면밀하게 관찰하면서 필요할 때마다 개입해야 한다. 아동보호전문기관의 사회복지사들도 스트레스가 심해서 이직률이 높다고 한다. 아동복지 시스템 전반과 관련되는 일이므로 눈에 띄는 몇 가지 문제만 지적한다고 상황이 크게 개선되기는 어렵다.

☆ ☆

'까다로운 기질'의 아이들은 친부모가 안정적으로 키우는 상황에서도 부모가 극도의 스트레스를 호소하는 경우가 많다. 소설과 영화로 주목받은 〈케빈에 대하여〉는 까다로운 아기를 키우는 엄마의 고통을 생생하게 그려낸다. 한 마디로 모든 엄마의 잠재적 공포를 그린 작품이라고 할 수 있다. 그 아이가 소시오패스 살인마가 된 것이 육아 스트레스로 아이를 학대한 엄마 때문일까? 원래 그런 애라서 엄마를 그토록 힘들게 한 걸까? 입양 대상 아기가 까다로운 기질의 아이일 경우 입양 자체가 어려울까 봐 친생모나 위탁모가 그런 얘기를 하지 않을 가능성이 크다. 그런 아이들은 시설에서 자라거나 어린이집, 학교에 가서도 선생님이나 다른 아이들이 스트레스를 크게 받아 어떤 식으로든 불이익을 받을 수 있다.

과거에는 육아를 고통스러워하고 아이에게 사랑을 못 느끼는 것을 모성애의 부족이나 양육자의 잘못으로 여겨 공개적으로 드러내지 않았다. 하지만 요즘은 각종 SNS에 육아의 고통을 공개적으로 호소하는 사람들이 많다. 모성애를 이상화하지 않고 문제를 있는 그대로 인식하고 직면하는 것이 개인에게나 사회 복지에 있어서나 현명한 일이다.

육아가 너무 고통스러운 양육자는 극심한 스트레스로 아이를 학대하기 전에 심리치료부터 받아야 한다. 그렇게 주변에 도움을 요청하고 다른 사람들도 그것을 자연스럽게 받아들여야 한다. 독박육아가 너무 힘들다면 하루에 몇 시간씩만이라도 아이돌보미를 고용해 자신을 위한 시간을 갖는 게 좋을 것이다. 아동학대를 저지르는 부모 상당수는 평범한 사람들이다. 최소한 평범한 사람처럼 보이는 사람들이다. 사이코패스도 아닌데 어떻게 그런 끔찍한 범죄를 저지를까? 아동학대는 평범한 사람이 감정 조절에 실패했을 때 철저한 약자에게 어떤 일을 저지를 수 있는지 인간 본성의 바닥을 보여준다.

범죄학 전문가들이 집필한 『왜 그들은 우리를 파괴하는가』에서는 범죄를 '범죄 동기'와 '범죄 기회'로 설명한다. 부모가 이해관계 때문에 아이를 해치는 일은 거의 없으니 '범죄 동기'를 낮추려면 부모의 스트레스를 줄이는 것이 해법이다. 경찰, 지방

자치단체, 아동보호전문기관의 전문성 확보와 지속적인 관리는 '범죄 기회'를 줄일 수 있다. 이 책에서는 또한 살인을 비롯한 끔찍한 범죄일수록 아는 사람, 특히 가족, 친족, 연인에 의해 발생하는 비율이 높다고 한다. 그래서 중대 범죄 피해자가 되지 않기 위해 가장 중요한 일은 학대하는 사람에게서 분리되는 것이다.

21개월에 입양기관에 맡겨져 2016년 사망한 아이의 사건과 2020년 사망한 16개월 입양아 사건(정인이 사건)은 비슷한 점이 많다. 2017년 2월 24일 방영된 SBS 〈궁금한 이야기 Y〉에 따르면 2016년 일어난 그 사건은 2020년 사건처럼 아동학대 신고가 있었고 증거가 명백했다. 두 사건 모두 입양부모가 너무나 평판이 좋고 "절대로 그럴 사람들이 아니"라는 이유로 아이를 살릴 수 있는 결정적인 기회를 놓쳤다. "좋은 사람들"은, 특히 오랫동안 신앙생활을 해온 종교인들은, 절대로 끔찍한 아동학대 범죄를 저지르지 않을 것이라는 사람들의 편견이 결국 과학적 증거에 눈 감게 만들고 두 아이를 죽음으로 몰고 갔다. 미디어가 아동학대의 잔혹성을 강조하다 보니, 사람들은 아동학대야말로 평범한 사람 누구나 저지를 수 있는 범죄임을 간과한다.

미국 드라마 〈CSI 과학수사대〉와 〈Law and Order〉, SBS 〈그것이 알고 싶다〉를 거의 전회 시청할 만큼 범죄 수사에 관심이 많은 나는 언론에 보도되는 대부분의 아동학대 사건에 대해 소상하게 파악한다. 수많은 아동학대 사건에서 배우자는 모른 척하거나 학대에 동참하는 모습을 보여준다. 나는 그 이유를 오랫동안 생각해 보았는데 아마도 아이보다 배우자가 더 절실하게 필요한 존재라서 그런 것 같다. 아이를 지킬 수 있었던 유일한 사람이 그렇게 외면해 버린다. 배우자를 신고하는 경우는 거의 없다. 배우자가 아이를 죽인 후에도 감형해 달라고 탄원서를 제출하기도 한다.

아이가 1순위이던 사람도 애인을 사귀면 마음이 바뀌어 애인이 1순위가 되기 쉽다. 아이를 키우려면 양육자가 자원과 노력을 총동원해야 하는데 양육자의 우선순위에서 아이가 밀려나면 그 아이는 생존조차 어려울 수 있다. 아이를 키우는 게 너무나 고통스럽고 싫다면, 아이를 학대하는 동반자와 도저히 헤어질 수 없다면, 솔직하게 인정하고 사회에 도움을 요청하는 게 낫다. 그런 사람들이 가정에서 아이를 학대하기 전에 사회에 도움을 요청하도록 하려면 양육을 힘들어하고 포기하는 사람들에 대한 비난을 멈추고 아이들을 보호하는 데 집중해야 한다. 자식이 귀찮은 부모, 자식을 사랑하지 않는 부모, 자식보다 배우자나 애인이 훨씬 더 중요한 부모가 많다는 것을 인정해야 아동학대가 줄어들 수 있다.

나는 리안 감독의 〈색계〉를 보고 깊은 감명을 받았다. 사람은 자기 마음을 통제할 수 있다고 자신해서는 안 된다. 일제의 앞잡이를 암살할 기회를 잡고자 일부러 유혹해서 애인이 된 주인공은 마음을 추스르지 못해 그에게 넘어감으로써 자신과 동지들을 죽음으로 몰아넣었다. 아이를 학대하는 배우자를 옹호하는 사람은 괴물이 아니다. 학대를 인정하는 순간 가정이 파탄나고 사회적, 경제적으로 치명상을 입을 수 있다. 그런 상황에서도 아이를 지키는 선택을 하려면 평소에도 아이가 무조건 1순위여야 가능하다.

동명의 자전적 소설을 영화로 만든 안젤리카 휴스턴 감독의 1996년도 작품 〈돈 크라이 마미 Bastard out of Carolina〉는 아동학대의 교과서 같은 내용이다. 십 대 미혼모로 끈끈한 모계가족 속에서 주인공을 키운 엄마는 딸을 깊이 사랑한다. 딸 역시 엄마를 너무나 사랑하기에 계부가 자신을 학대한다는 것을 숨기려고 안간힘을 쓴다. 엄마는 계부가 딸을 지속해서 잔인하게 학대해 왔음을 알게 된 후에도, 심지어 그가 성폭행까지 시도한 후에도 헤어지지 못한다. 결국 엄마는 딸을 친척 집에 놔두고 계부와 함께 떠나는데 관객은 그 대목에서 안도의 한숨을 내쉬게 된다. 엄마가 딸을 포기하지 않았다면 주인공은 계부의 손에 죽었을 것이다. 어떤 엄마는 자식 곁을 떠나는 편이 더 낫다.

☆ ☆

입양 심사가 신속하게 진행되더라도 친생부모가 늦게 입양을 의뢰했거나 여러 사정 때문에 연장아 입양을 추진해야 하는 경우는 많다. 나보다 훨씬 성숙하고 가용 자원이 많은 사람이 적극적으로 연장아를 입양해 성인이 될 때까지 시설에서 생활하는 아이들이 줄어들길 바라는 마음이 간절하다. 가정을 전혀 경험하지 못하고 시설에서만 생활한 아이들이 어른이 되면 참으로 막막할 것이다. 성년이 되면 독립해야 한다고들 하지만, 주변 사람들을 보면 이삼십 대가 되어도 부모의 정서적 지원이 없으면 서럽다.

무엇보다도 가정위탁이 활성화되는 것이 시급하다. 입양은 친생부모나 아이나 입양부모에게 너무나 부담이 큰 일생일대의 결정이므로 일단은 가정위탁이 활성화되어 공공기관 전문가의 지속적인 관리 속에서 아이를 위한 최선을 찾아가는 것이 좋을 것이다. 가정위탁 제도를 발전시킨 국가들은 아이들이 시설보다 가정에서 자라는 것이 바람직하다는 철학이 확고하다. 또한 가정위탁이 활성화되면 입양에 대한 인식도 한층 나아질 것이다.

보건복지부의 「가정위탁보호아동 현황」에 따르면 우리나라의 위탁가정은 2020년 말 기준 8,001가정으로 그중 조부모가 키우는 대리양육가정이 5,155가정, 조부모를 제외한 친인척이 키우는 친인척위탁가정이 2,069가정, 혈연관계가 없는 일반위탁가정이 777가정으로, 대부분 친족이 위탁가정으로 지정되어 있다. 아마도 일시적 양육이라고 생각해 친척 아이를 키우면서도 위탁가정 신청을 하지 않은 가정도 많을 것 같다. 혈연관계가 없는 아이를 위탁해 키우는 경우가 흔한 서구 국가들과 크게 다른 점이다.

내 아이들을 입양하기 전 돌봐준 위탁모들은 입양기관 소속이다. 입양기관들은 오래전부터 입양 대상 아이들을 돌볼 위탁모들을 모집해 관리해 왔다. 수십 년간 아이들을 헌신적으로 돌본 위탁모들은 국가에서 표창을 받기도 한다. 입양기관 위탁모는 신생아에서 대략 만 2세까지의 아동을 돌보므로 육아 경험이 풍부하고 능숙해야 할 수 있다. 위탁모가 잘 키운 아이들은 새로운 입양가정에서도 잘 자란다. 처음 만난 양육자와 애착을 잘 형성하고 처음 주어진 환경에 잘 적응한 아이가 양육자와 환경이 바뀌어도 적응력이 높기 때문이다.

0~3세의 아기를 아동학대로 부모와 즉각 분리했는데 마땅

한 위탁가정이 없다면, 양육 태도가 나아졌는지 알 수 없는 부모에게 돌려보내는 게 나을지 장기간 시설에 수용하는 게 나을지 결정하기 곤란할 수도 있다. 초등학생이나 중고교생이 하교 후 각자의 집으로 갈 때 몇몇 아이들만 보육원으로 가야 한다면, 사람들의 시선을 의식하지 않을 수 없을 것이다. 우리나라에서도 인식이 개선되어 건강하고 행복한 가정, 아동 양육에 대해 전문 지식이 있거나 경험이 많은 가정에서 가정위탁을 많이 하게 되길 바란다.

공개입양은
필수

입양에 대한 편견이 지배적이던 과거에는 입양 사실을 숨기는 '비밀입양이 대부분이었다. 해외에서는 진작에 공개입양이 대세가 되었으나 국내에서는 요즘에도 입양 사실을 숨기는 경우가 많다고 한다. 나 같은 비혼 입양은 가짜 아빠를 지어낼 수도 없으니 비밀입양은 애초에 선택 가능한 옵션이 아니다.

입양 전문가들은 공개입양을 권장한다. 영원히 비밀을 지킨다는 건 극히 어려운 일인데, 자신이 입양된 사실을 전혀 모르고 있다가 갑자기 알게 되는 입양인의 충격이 너무나 크기 때문이다. 비밀입양된 사람들은 주변인의 귀띔으로 알게 되거나 부모 사망 후 재산 상속을 둘러싼 분쟁 과정에서 알게 되는데, 그럴 때 느끼는 정체성의 혼란과 배신감은 극복하기가 아주 힘들다고 한다. 부모 사망 후 가족으로 여기던 사람들이 갑자기 너는 진짜 가족이 아니니 재산을 상속받을 생각을 하지 말라고 공격하면 그 충격은 엄청날 것이다. 전문가들은 만약 사춘기 이전에 아이에게 알리지 못했다면 차라리 비밀로 하고 성인이 된 다음에 알려줄 것을 권한다. 사춘기에 입양 사실을 처음 알게 되면 가출로 이어지는 파괴적인 영향을 끼치기 쉽다고 한다.

아이를 낳은 친생부모를 아이에게 알려주거나 더 나아가 교류를 하고 지내는 것을 개방입양이라고 하는데 국내에는 매우 드물다고 한다. 입양부모가 친생부모에 대해 알려주지 않더라도 아이가 성인이 되면 입양기관에 요청해서 친생부모의 기본 사항을 파악할 수 있고 친생부모가 동의하면 만날 수도 있다.

개방입양의 장단점에 대해서는 의견이 분분한데, 나는 아이가 성인이 되어 외부의 충격에 흔들리지 않는 독자적인 세계관을 형성하기 전에는 친생부모를 만나지 않는 편이 낫다고 생각한다. 자신의 책임도 아니고 자신이 감당할 수도 없는 출생의 문제 때문에 크게 동요할 수 있기 때문이다. 복잡한 출생의 비밀이 얽혀 있을 수도 있고, 단순한 혼외출산이라도 임신한 여자친구를 돌보지 않고 연락을 끊은 친생부에게 분노할 수도 있고, 아이를 키울 능력이 없으면서도 애인을 계속 바꾸며 아버지가 다른 아이들을 여러 명 출산한 친생모에게 분노할 수도 있다. 그리고 자신 역시 그런 친생부모를 닮았을 것이라고 여겨 좌절할 수도 있다. 아이에게 편견 없는 태도를 가르치려 애쓰더라도 아이 역시 이 사회의, 그 또래 특유의 편견과 고정관념을 잔뜩 지니고 있다. 특히 청소년기라면 자신의 친생부모가 어떤 사람들인지, 자신을 어떻게 대하는지에 민감할 수밖에 없다.

여동생의 자살을 추적한 『너의 그림자를 읽다 History of a Suicide』라는 책에서 저자는 자살 원인을 단정하지 않지만, 여동생이 아버지와 청소년기에 만난 것이 그녀를 크게 흔들어 놓았음을 보여준다. 무기력한 이혼녀에게 양육된 여동생은 아버지에게 큰 기대를 건다. 아버지를 만나도 딱히 삶이 변하지 않고 그가 딸을 사랑하지 않는다는 사실이 여동생을 더욱더 깊은 절망의 나락으로 몰고 갔음이 여러 정황에서 드러난다. 사실 아버지가 딸을 사랑했다면 청소년이 될 때까지 연락을 끊고 살지도 않았을 것이다.

친생부모는 뭔가 아이를 키울 수 없는 사정이 있어 양육을 포기했다. 어려운 경제적 형편 때문에 양육을 포기했고 아이와 교류할 때도 계속 형편이 어렵다면 친생부모를 도와줄 수 없는 아이가 무력감을 느낄 것이다. 자신이 돈을 많이 벌어 친생부모를 도와줘야 한다는 왜곡된 책임감을 느낄 수도 있다. 지금은 우리나라도 복지 제도가 어느 정도 갖추어졌으므로 절박한 경제적 문제가 아닌 다른 이유로 양육을 포기하는 사람들이 훨씬 더 많다. 친생부모가 뭔가 안 좋은 상황에 있다면 그들이 스스로 그 상황을 극복하지 못한 상태에서 아이를 만나는 것이 아이를 혼란스럽게 할 수 있다. 개방입양 여부는 친생부모가 어떤 경위로 양육을 포기했고 현재 어떻게 살고 있는지에 따라 각자의 판단에 맡길 문제다. 입양인들의 인터뷰를 보면, 친생모가 자신의 상황에 따라 아이에게 연락했다가 끊었다가 하는 양상이 보인다. 가령 재혼해서 잘 살고 있을 때는 연락하지 않다가 이혼하면 연락하는 식이다.

☆☆

아이에게 입양 사실을 알리는 것은 유아기에서 아동기로 넘어가는 대여섯 살이 적당하다고 한다. 어차피 그 이전에는 얘기해 줘도 의미를 잘 모른다. 시중에는 입양에 대한 좋은 그림책과 동화책이 많이 나와 있다. 번역서뿐만 아니라 국내서도 좋은 책들이 여러 종 출간되어 있다. 유아 대상으로는 그림책, 초등 저학년 수준에서는 적합한 동화책을 선정해서 읽어주면서 자연스럽게 입양에 관해 이야기하면 좋다.

첫째는 네 살 때 둘째 입양 관련해서 함께 입양기관을 계속 들락거렸으므로 얘기해 줄 필요도 없이 대강 상황을 이해하고 있었다. 다른 사람이 낳았는데 키울 수 없는 사정이 있어서 내가 키우게 되었음을 두 아이 다 자연스럽게 알게 되었고, 우리는 늘 그 문제에 대해 스스럼없이 얘기했다. 나는 아이들을 하늘에서 내려온 선녀님들이라고 불렀다. 어머니는 첫째가 어렸을 때 강렬한 몸짓과 함께 그 애가 하늘에서 엄마 가슴으로 팍 떨어졌다고 표현했는데, 아이는 그 표현을 아주 재밌어해서 할머니에게 다시 얘기해 달라고 여러 번 조르기도 했다.

사실 유아들이나 초등 저학년생들은 그런 문제에 별로 관심이 없다. 아이들 친구 중에 엄마나 아빠와 살면서 다른 쪽 부모를 만나지 않는 아이들이 있다. 이혼 가정일 것으로 추정되는데 아이들 자체가 그런 문제에 별로 신경을 안 쓰고 얘기를 안 하므로 굳이 물어보지 않는다. 요즘은 어린이집, 학교, 관공서 등도 민감한 가족관계에 대해 드러내놓고 얘기하지 않으므로 아이들로서는 별로 의식할 이유가 없다. 물론 지역이나 학교, 집단에 따라 경험이 다를 수는 있을 것이다.

아이들은 자신들이 입양되었음을 잘 알고 있었지만, 체계적으로 이해하는 것이 중요하다고 생각해서 나는 첫째가 학교에 입학하기 전에 두 아이에게 입양 관련 그림책들을 읽어주며 자세히 설명해 주었다. 그리고 아빠가 없다거나 입양되었다거나 하는 정보는 가까운 사람이 아니면 얘기하지 말라고 했다. 악의적인 공격을 받을 수 있기 때문이다. 범죄 예방을 위해 모르는 사람에게 주소나 전화번호를 알려주지 말라고도 단단히 일렀다. 그런데 사교적인 둘째는 아무한테나 "저는 입양됐어요." "전 아빠가 없어요."라고 말하고 다니곤 했다.

한 번은 놀이터에서 둘째가 친구와 헤어지는데 인사를 하고 등을 돌리자 갑자기 친구가 "야, 너 입양됐다면서? 입양이 뭐야?" 그렇게 크게 소리쳤다. 둘째가 또 입양 사실을 '자랑'하고 다닌 게 틀림없었다. 나는 집으로 가면서 앞으로 학교 선생님 외에는 입양되었다고 얘기하지 말라고 했다. 그리고 다음에 친구를 만나면 가족에 관한 얘기를 남들이 다 듣는 앞에서 큰 소리로 떠드는 건 예의에 어긋난다고 지적하라고 일렀다. 그러나 얼마 뒤 아이는 학교에서 여러 가족 형태에 대해 배우는 수업 시간에 손을 들고 자신이 입양되었다고 얘기했다고 했다.

우리 가족이 생활하는 환경에서는 입양에 대해서, 아빠 없는 가정에 대해서 편견을 가진 경우는 별로 접하지 못했다. 아빠의 사랑이 꼭 필요하다고 하는 사람들도 있지만, 부모 양쪽이 다 있는 가정에서도 아빠의 사랑을 받지 못하고 자란 사람들이 워낙 많아 나는 별로 신경 쓰지 않았다. 양육자가 누구인지보다는 어떻게 키우느냐가 훨씬 더 중요하다. 사랑을 듬뿍 받고 자란 사람은 동성이든 이성이든 상관없이 좋은 관계를 형성할 능력이 있다.

아이들이 성인 남자와 접할 기회가 없다면 그건 문제가 될 수 있다. 남자를 지나치게 경계하게 될 수도 있다. 그러나 우리 아이들은 이모부와 외삼촌의 지극한 사랑을 받고 있으므로 성인 남자를 어색해하지 않는다. 첫째가 다니는 방과후아카데미에도 남자 대학생 자원봉사자나 남자 선생님들이 있다. 여성이 다수이긴 하나 학교에도 남자 선생님들이 있다. 놀아주고 보살펴주고 가르쳐 주는 여러 성인 남성들과 아이들이 우호적인 사회적 관계를 맺는 것이 중요하지, 아빠가 있냐 없냐는 결정적으로 중요한 요소가 아니다. 오히려 가까이 지내는 성인 남자가 아빠뿐이라면 아빠가 어떤 사람이냐에 따라 남성에 대한 시각이 왜곡될 수 있다. 남성이 혼자 아들을 키우는 경우도 마찬가지다. 그런 경우라도 여러 성인 여성들과 우호적인 관계를 맺는다면 아들이 여성에 대해 왜곡된 관점을 갖게 되거나 어색해서 다가가지 못하는 일은 없을 것이다.

아이들이 현재는 입양아에 대한, 한부모가족에 대한 편견에 접할 일이 별로 없다고 해도 세상에는 그런 편견을 가진 사람들이 많다는 걸 잘 알고 있다. 한 번은 불친절한 이삿짐센터 직원이 우리 아이들의 얼굴을 뚫어지게 쳐다보며 왜 아이들이 이렇게 다르게 생겼냐고 다분히 악의적으로 물어보기도 했다. 나는 그냥 무시해 버렸다. 물론 그는 내가 입양을 했다고 생각하기보다는, 두 아이의 아버지가 다르다는 점을 지적하고 싶었을 것이다.

나는 아이들에게 세상의 여러 편견에 대해 '그까이꺼' 신경 쓰지 말라고 가르친다. 그런 편견을 가진 사람들이 잘못이므로 유념할 필요가 없다. 세상에는 좋은 사람들이 많고, 사람은 끼리끼리 다니는 법이다. 짧은 인생에서 굳이 별로 안 좋은 사람들과 어울릴 여유는 없다. 좋은 사람들과 어울리며 즐겁고 보람 있는 일만 하기에도 인생은 짧다.

☆ ☆

입양한 아이들은 커서 자기를 낳아준 부모를 찾아간다고 말하는 사람들도 있다. 자신을 낳아준 부모가 너무나 궁금해서 꼭 알고 싶은 마음이 생길 수 있다. 특히 현재의 가족에 이질감을 느끼고 소속감을 못 느낀다면 더욱더 그럴 것이다. 이런 문제에 대해 통계를 낼 수는 없지만, 친생부모를 만난 입양인이 오랫동안 관계를 유지할 수도 있고 그렇지 않을 수도 있을 것이다. 친생부모가 기대와 다르거나 그들이 입양인과의 만남을 거부하여 상처를 받을 수 있다. 이런 경우라도 양부모와 원만한 관계라면 양부모에게 기대어 상처를 극복할 수 있을 것이다.

국내에 해외입양인과 관련해 크게 화제가 된 스웨덴 입양인 수잔 브링크의 삶은 1991년 〈수잔 브링크의 아리랑〉이라는 영화로 제작되기도 했다. 양부모의 학대 속에서 자란 그녀는 친어머니와 감동적인 재회를 했고, 이 사연은 수많은 사람의 심금을 울렸다. 그러나 2004년 5월 6일자 국민일보 기사에 따르면 수잔 브링크는 그녀의 도움을 받아 스웨덴에서 사업을 하려는 일가친척에게 시달리다 한국의 가족과 절연했다고 한다. 한편 영화에서 주연을 맡은 여배우가 아이들을 두고 비극적으로 사망한 후 단독 친권자가 사망하더라도 이혼한 배우자의 친권이 자동 부활하지 않고 심사를 통해 다시 친권자를 정하도록 법이 바뀌었다. 일단 친권을 상실했던 친부모가 친권자 사망 후 자동으로 아동을 맡는 것은 아동 복리에 해로울 수 있다는 인식이 널리 퍼졌기 때문이다. 어떤 사람은 입양으로 불행해지고 어떤 사람은 친부모에게서 벗어나지 못해 불행해진다. 인생에는 하나의 해법이 존재하지 않고 그 사람의 상황에 맞는 최선을 찾아야 한다.

나는 출산 경험이 없으므로 직접 낳은 아이를 키우는 것과 입양한 아이를 키우는 것이 뭐가 다른지 모른다. 직접 낳은 자녀가 있는 상태에서 다른 아이를 입양한 사람들의 체험담이나 인터뷰 기사들을 많이 찾아 읽어보았는데, 오랫동안 키우다 보면 차이를 못 느낀다고 한다. 뱃속에서 열 달 키웠다면 낳은 후에도 자신과 한 몸이라고 느낄 것이다. 그러나 아이는 한 살 한 살 나이를 먹을수록 부모에게서 독립한다. 초등학생만 되어도 부모랑 노는 것보다 친구들이랑 노는 걸 더 좋아한다. 뱃속에서 아이를 키운 경험은 특별하지만, 아이를 오래 키우면 키울수록 그 차이는 줄어들 것이다.

부모와 사이가 안 좋거나 부모 때문에 자신이 불행하다고 생각하는 사람들은 이 세상에 너무나 많다. 양부모와 사이가 안 좋다고 해서 입양이 되지 않았더라면 더 좋았으리라 단정할 수도 없다. 아이가 대여섯 살일 때 친생부모와 헤어졌다면 그리움이 평생 사무칠 수도 있겠지만, 갓난아기 때 헤어져 얼굴도 모르는 부모가 그립다면 그 감정은 진짜 그리움일까, 어떤 결핍감을 그렇게 해석한 것일까? 혹시 그리움이 아니라 현재의 가족에 대한 불만 때문에 새로운 대안을 찾는 게 아닐까? 성인이 되어서도 성장기를 함께 한 가족에 소속감이 없다면 진정으로 소속감을 느낄 새로운 가족을 만드는 것이 존재의 불안에서 벗어나는 길일 것 같다. 친생부모를 만나 가족이 되는 것도 하나의 대안이 될 수 있겠지만, 좋은 사람과 결혼하거나 아이를 낳아 새로운 가족을 이루는 것이 더 현실적인 대안일 것이다. 자식만큼 인생에 뚜렷한 목적을 부여하는 것은 없다.

가족에게 큰 불만이 없어도 방황하는 사람들은 많다. 내면의 공허함이 무엇 때문인지는 평생 알 수 없을지도 모른다. 모든 사람은 각자 인생의 해답을 구하기 위해 방황하며 길을 모색하는 존재다.

돈이 얼마나
필요한가

사교육비가 부담되어 자녀를 갖는 게 주저된다고 얘기하는 사람들이 많다. 나는 사교육 업계에서 잠시 일한 적이 있었는데 사교육이 지급한 돈에 비례해서 효과를 내는 것은 아니다. 아주 많은 돈을 쓰면 확실히 효과가 있긴 하지만 그건 중산층 가정에서도 어렵고, 중상층 정도는 되어야 가능한 일이다. 사교육을 효과적으로 활용하면 돈을 많이 쓰지 않고서도 좋은 효과를 낼수 있다. 그래서 나는 아이들을 입양할 때 사교육비에 대해서는 별로 걱정하지 않았다. 입시를 본격적으로 준비하는 1, 2년간은 꽤 많은 돈이 들 수도 있고 대학 학비는 부담스럽지만, 그 시기를 제외하고는 그렇게 많은 돈을 쓸 필요는 없다는 게 내 생각이다. 물론 아이가 예체능 분야로 진학하거나 영미권 대학으로 유학을 가지 않는다는 전제조건하에서다. 장학금을 받고 유학 가는 아이들도 있지만, 그런 행운을 미리 바랄 수는 없다.

사실 내가 직접 아이를 가르칠 생각이었다. 그러나 전업주부가 아닌 워킹맘이 아이를 붙들고 가르치는 것은 무리임을 깨닫는 데는 오래 걸리지 않았다. 워킹맘도 모든 자유 시간을 아이 교육에 투입하면 가능할지도 모르지만, 나는 그렇게 하지 못했다. 우리나라에서 가장 많은 사교육비를 지출하는 분야는 수학과 영어다. 초등 시절에는 수학이 별로 어렵지 않지만, 3학년경부터 차이가 생기기 시작한다. 나는 아이들에게 학습지를 풀게 하고 시험 성적을 확인하고 아이가 수업 내용을 모르는 채로 넘어가지 않도록 유의한다.

영어는 '엄마표 학습법'들이 제시하듯 하루에 몇 시간씩 엄마가 영어책을 읽어주고 비디오를 보여주면서 매일 매일 챙길 수 없는 상황이라면 돈을 쓰지 않을 수가 없다. 일본과 한국은 평생 영어나 다른 언어를 쓰지 않고 모국어만 쓰면서 살 수 있는 나라다. 이런 나라에 살면서 영어를 잘하기란 정말 어렵다. 평소에 아무 쓸모도 없는 지식을 공부하는 일은 기본적으로 학습 동기를 불러일으키기 어렵기 때문이다.

서울대학교 사범대학 영어교육과 이병민 교수가 쓴 『당신의 영어는 왜 실패하는가?』라는 책은 우리나라 영어교육의 현실을 잘 분석한 책이다. 왜 한국 사람은 영어를 잘하기 어려운지, 왜 영어 실력을 높이기 위해서는 사교육에 의존할 수밖에 없는지 논리적으로 설명해 주며 이중언어 사용자(bilingual)에 대한 환상을 여지없이 깬다.

초등학교에서 고등학교에 이르기까지 학교 수업 시간은 영어에 능통해지기에는 턱없이 부족하다. 입시와 취업에서 요구하는 수준은 학교 수업을 통해 얻을 수 있는 실력보다 훨씬 높다. 그래서 학생들은 따로 공부하거나 사교육의 도움을 받는다. 그렇다고 다른 과목들을 등한시하고 학교에서 영어만 주야장천 가르칠 수도 없다.

이 문제는 우리나라 교육의 가장 큰 문제와 맞닿아 있다. 애초에 달성할 수 없는 목표를 추구하며 학생 대부분이 학교에서 열등감과 좌절감부터 배운다. 사실 이 때문에 나는 오랫동안 자식이 생긴다면 학교에 보내지 않겠다고 생각했다. 제대로 지식과 교양을 가르치지 않으면서 열등감만 가르치는 학교에 다니는 것은 인생을 낭비하는 것이라고 생각했다. 하지만 교육의 문제는 사회에서 비롯되는 것인데, 학교가 사회의 다른 부문들에 비해 특별히 더 썩어 있거나 문제가 더 심한 것도 아니다. 학교에 대해 안 좋은 추억이 있는 사람들이 많지만, 요즘 학교는 내가 다닐 때보다 엄청나게 좋아졌다. 특히 초등학교는 일종의 복지센터로 변모한 것 같다. 일반학교에 대한 대안도 마땅치 않다.

나는 대안학교에 대한 정보를 알아보다가 학교별로 차이가 아주 크고, 문제가 심한 곳들도 있다는 것을 알게 되었다. 무엇보다도 내가 사는 도시에는 대안학교가 거의 없다. 집 근처에 대안학교가 한 군데 있기는 하나 규모가 워낙 작아 입학이 극히 어려우며 대안학교 졸업 후 일반 중학교에 진학한다면 적응이 더 어렵지 않을까 하는 우려도 있었다. 국가의 지원을 받지 못하는 대안학교는 학비가 많이 들고 학부모도 여러 활동에 참여해야 하는 데다 주로 교외에 있어 통학을 위해 부모 중 한 명이 학교 근처에 집을 얻어 거처를 옮기기까지 한다. 고등학교 과정이라면 대개 기숙사가 있지만, 역시나 학비가 비싸고 명성이 높은 학교는 입학도 어렵다. 그래서 경제적·시간적 여유가 없으면 아이들을 대안학교에 보내기는 어려운 것 같다. 물론 여유가 없어도 교육열이 높은 부모는 그런 선택을 한다.

학교 공부만으로는 영어를 잘할 수 없는데, 못하면 좌절감이 크고 다른 과목을 아무리 잘해도 영어 성적 부진을 상쇄하기 어렵다. 일단 현실적인 목표, 현실적인 공부 계획을 세워야 한다. 한국말을 아주 잘하는 경제학자 장하준 교수는 책을 영어로 집필하므로 그의 책은 번역서다. 이병민 교수에 따르면 두 언어를 동시에 잘하기란 극도로 어렵기 때문이다. 장하준 교수는 영어로 쓰는 게 더 익숙하므로 한글로 책을 쓰지 않는다는 것이다. 이중언어 사용자란 그럴듯한 개념이지만, 실제로는 아주 희귀한 듯하다.

싱가포르 등 영어를 공용어로 선택한 국가들의 예도 신선했다. 나는 옛날에 우리나라 같은 대외무역에 의존하는 나라는 네덜란드 사람들이 3, 4개 국어를 사용하며 잘살듯이, 온 국민이 영어, 일본어, 중국어 등의 외국어에 능통해져서 경쟁력을 높이면 좋지 않을까 생각했었다. 그러나 아무런 문화적, 역사적, 현실적 맥락도 없이 대다수 국민이 외국어에 능통하게 되기란 불가능하다. 저자에 따르면 식민지 경험이나 다민족 국가를 통합할 필요성 때문에 영어를 쓰는 국가들도 엘리트 계층을 제외하고는 영어 사용에 숙달되지 않아 다수의 국민이 소외되며 싱가포르 같은 작은 국가조차도 문법에 어긋난 싱가포르만의 특이한 영어가 발전했다고 한다.

그래서 저자는 평생 영어를 쓸 일이 거의 없는 사람들까지 막대한 돈을 영어 공부에 쏟아붓지 말고 정말 영어를 능통하게 할 필요가 있는 고급인력을 소수정예로 양성하는 한편, 학교 교육에서는 현실에 맞게 우리가 가장 필요하고 가장 잘할 수 있는 '읽기'를 강조하여 학년별로 영어 성취도 목표에 맞는 읽기 자료들을 제공하는 것이 최선이라고 본다.

그러나 그것이 대한민국 영어교육의 바람직한 방향이라 하더라도 내 자식에 대해서는 생각이 달라질 수밖에 없다. 부모가 바라는 것은 자식이 평균적인 한국인이 되는 것이 아니라 가능한 한 최고로 성공하는 것이기 때문이다.

나는 아이들이 영어에 능통해지기를 기대하지는 않지만, 최소한의 비용을 들여 영어에 익숙해지도록 훈련한다. 아이들이 대학에 진학하거나 성인이 되어 직업을 선택할 때 능통한 영어 실력이 필수적으로 요구되더라도, 그때 집중적으로 영어 공부에 매진해서 어렵지 않게 능통한 수준에 이를 수 있도록 하는 것이 목표다. 일본어 기초와 중국어 기초를 가르치는 것도 마찬가지다. 일단 그 언어들에 익숙해지면 대중문화를 통해 해당 언어를 접할 때도 관심을 기울이게 되고 진로를 선택할 때 그런 외국어가 필수적으로 요구된다면 그때 집중적으로 공부에 매진해서 실력을 올리는 게 수월해질 것이다.

☆ ☆

글자를 아는 사람은 모든 정보 습득을 문자에 의존하는 경향이 있다. 가령 외국영화를 볼 때 영어를 어느 정도 알아들을 수 있더라도 자막이 나오면 영상보다 자막을 읽는 데 더 집중하게 된다.

어머니에 따르면 증조할머니는 기억력이 엄청나게 좋았다고 한다. 문맹이었던 증조할머니는 동네 사람들 생일이나 온갖 중요한 일들을 모두 외웠다고 한다. 문자를 모르면 모든 중요한 것들을 외워야 하며 시각적, 청각적, 후각적 단서들에 집중하게 된다.

그래서 나는 유아 시기에 아이들에게 한글을 가르치지 않았다. 아이가 문자 해독에 앞서 오감을 충분히 발달시키기 바랐기 때문이었다. 첫째는 네댓 살 때 IPTV로 영어와 중국어 애니메이션을 즐겁게 시청하기도 했고, 심지어 러시아 애니메이션을 즐겨 보기도 했다. 언어보다 시각과 음향효과에 민감하게 반응하는 시기다 보니 모르는 언어가 나와도 상관없는 듯했다. 어쩌면 그럴 때 외국어를 집중적으로 가르쳤으면 좋았을 것이다. 하지만 내겐 그럴 만한 시간도 의지도 부족했다. 가끔 영어책을 읽어주거나 영어 노래를 가르쳐 주고, 여섯 살 때부터 문화센터에서 영어 뮤지컬을 수강하게 했다.

아이가 일곱 살쯤 되면 한국말과 한글에 익숙해져서 다른 언어로 뭔가를 하는 것에 스트레스를 받는다. 자연스럽게 언어를 습득하기 어려워지면 문자와 함께 학습하는 것이 훨씬 효과적이다. 아이에게 영어 문장을 가르쳐주면 구체적 의미를 담은 단어에는 집중하지만, 정관사나 부정관사, 3인칭 단수, 명사의 복수형 등 문법적 요소는 잘 습득하지 못한다. 이것은 문자로 처음 영어를 배운 나 같은 성인들과 문자에 익숙하지 못한 아이가 영어를 배울 때의 차이점인 것 같다. 이런 부분들을 문자로 가르치지 않고 구어로 완벽하게 익히게 하려면 엄청난 언어 자료에 노출해야 한다. 원어민과 비슷한 언어 환경에 노출되기 어렵다면, 일정한 나이 이상에서는 문자로 언어를 배우는 것이 훨씬 효과적이다.

☆ ☆

아이가 다섯 살쯤부터 어린이집에서 한글, 산수 등을 가르쳐 주었다. 그 외에도 첫째는 여동생이 시간 있을 때 가르쳐서 금세 한글을 깨쳤다. 영어도 어린이집에서 특별활동으로 가르쳐서 알파벳도 금세 익혔다. 국공립 어린이집에서 아이에게 강제적으로 주입할 이유가 없으니, 가르치는 사람이나 배우는 애들이나 부담 없이 수업할 것 같다. 그래도 아이들은 어린이집에서 한글, 산수는 물론 사회탐구, 과학탐구에 해당하는 영역들도 상당히 익힌 것 같다. 어린이집에서 이렇게 다 가르치는데

이 시기에 사교육을 할 필요가 있을까 싶다. 한편으론 내가 주말에 한 번 가는 문화센터 영어 뮤지컬과 예체능 외에는 아이들에게 아무런 사교육도 시키지 않았기 때문에 공부에 대한 스트레스가 거의 없어서 어린이집에서 한 번 배울 때 더 집중했을 것 같다.

영어는 어린이집에서 진도를 나가는 대로 아이가 익히는 게 불가능하다. 한 번 배우고 끝인데, 언어를 그렇게 익히기는 어렵다. 그래서 나는 시간이 날 때마다 주말에 집에서 한참 전에 배운 어린이집 영어 교재를 아이들에게 복습해 주었다. 그 내용이 그 내용인데 다른 영어 프로그램을 배울 필요가 있을까? 어린이집에서 하는 영어 수업 내용만 복습해서 완전히 익히게 해도 또래보다 훨씬 실력이 우수할 것이다.

둘째는 내버려 뒀더니 일곱 살이 되어도 한글을 모르길래 학교 가기 전에는 한글을 깨쳐야 할 것 같아 교재를 사다가 가르쳤다. 원래 초등학교에 입학할 때는 수업 시간에 아이들이 한글을 모른다는 걸 전제로 가르친다. 그러나 진도가 빨라 학교 수업만으로 한글을 익힐 것이라 기대하긴 어렵다. 학교 진도대로 한글을 익히려면 매일 매일 집에서 거기에 맞춰 복습을 시켜야 한다. 워킹맘에게는 매일 아이의 공부를 챙기기보다는 일곱 살 때부터 미리 가르치는 게 더 쉽다.

어린이집에서는 이렇게 많은 것들을 가르치는 한편, 미술 활동을 많이 한다. 폐지나 페트병 같은 것들로 온갖 그림 그리기, 만들기 같은 걸 시킨다. 어린이집의 만 4세반, 만 5세반은 학생 수가 많으므로, 그 많은 애들을 모아놓고 뭔가에 집중하게 하려면 미술 만한 활동이 없을 것 같다. 그래서인지 아이들은 내가 어렸을 때와는 비교도 할 수 없이 미술적인 표현력이 뛰어나다. 뭔가 인상적인 일을 경험하면 그림부터 그리고, 집에 있는 재료들로 혼자서 뚝딱 뭔가를 만들기도 한다.

초등교사들은 여러 딜레마를 안고 있다. 아이들 대부분이 한글을 떼고 입학하는데 몇몇이 한글을 모른다면 참 난감할 것이다. 더구나 한글을 익힌 수준도 아이마다 천차만별일 것이다. 영어는 더욱 난감할 것이다. 해외에서 살다 온 아이, 영어유치원을 나온 아이, 알파벳도 모르는 아이를 어떻게 함께 가르칠 것인가?

그래서 왕도가 없다. 일단 강남이나 목동 학군이 아니라서 아이가 그다지 주눅들 일은 없을 거라고 안심하더라도, 현재의 교육 현실에서 아이가 한글을 안 떼고 알파벳을 안 떼고 초등학교에 입학한다면 아이의 학교 생활이 힘들 수 있다. 무엇보다 아이가 다른 아이들에게 열등감을 느낄 수 있다. 상황에 유연하게 대처하는 수밖에 없다.

☆ ☆

해외여행을 자주 가는 부유층이나 해외 친척 집을 자주 방문하는 가정이 아닌 이상, 우리나라 아이들이 실제로 영어를 접할 기회는 별로 없다. 그래서 영어마을 같은 게 유행했고, 영어유치원이 인기를 끌기도 했다. 이중언어 사용자로 만들기 위해 갓난아기 때부터 영어 비디오와 오디오를 엄청나게 틀어주는 부모들도 있었다. 하지만 언어 공부에서는 상호작용이 필수다. 일방적인 미디어만 잔뜩 본다고 언어 능력을 저절로 습득할 수는 없다. 영어유치원에 보내고 원어민 가정교사를 붙여주고 늘 해외여행을 다닐 만큼 재력이 되지 않는 사람들이 아이를 이중언어 사용자로 만들고자 한다면, 아이만 고문하는 결과를 초래하기 쉬울 것이다.

그리고 무엇보다도 중요한 것은 모국어 습득이다. 이중언어 사용자나 다중언어 사용자(multilingual)를 떠나 하나의 언어로 완벽하게 자기의 생각을 표현하고 의사소통을 할 수 있는 능력이야말로 모든 사회적, 지적 능력의 원천이다. 예전에 종로의 유명 학원에서 토플 강좌 개설 전 무료 설명회에 참석한 적이 있다. 중학생 때 미국에 가서 영어를 배웠다는 20대 강사는 한국어도 서툴고 영어도 분명 원어민 수준이 아니었다. 나는 그를 보며 이중언어 사용자가 아니라 모국어가 없는 사람이라는 생각이 들었다.

유아 영어 학습에서는 노래와 게임 등을 중시한다. 재미라도 있어야 애들이 따라 할 테니까. 돈도 없고 시간도 없는 내가 선택한 방법은 문화센터의 영어 뮤지컬이다. 이 방법을 선택할 때는 아이의 성격을 고려해야 한다. 이 수업을 듣던 아이들이 하기 싫다고 엄마에게 떼쓰는 모습을 여러 번 보았다. 모르는 언어가 부담스러운 건지, 노래와 연기를 하는 게 부담스러운 건지, 둘 다 부담스러운 건지는 아이마다 다를 것이다. 다행히 우리 아이들은 무대 체질이다.

무대를 장악해야 하는 배우가 자신감을 잃으면 안 되므로 나는 수업 전에 아이가 실수하지 않도록 항상 미리 연습시켰다. 또한 언어는 생각을 표현하는 수단이므로 언어에 서투르면 자존심에 상처를 입는다. 성인들은 이 부분 때문에 외국어 습득에 어려움을 겪는다. 고학력자가 유치원 수준의 영어도 못 해서 버벅거릴 때는 창피하고 속상하다. 틀릴지도 모른다는 두려움에서 자유로운 것이 유아기에 외국어를 습득하는 가장 중요한 장점이다.

뮤지컬에서는 대사와 노래를 외우는 것이 필수이므로 아이들은 실생활에서 아무 쓸모 없는 영어를 열심히 외우게 된다.

구체적인 상황 속에서 언어를 터득하게 되는 것이다. 또한 뮤지컬은 영어뿐만이 아니라 다른 교육적 효과도 매우 크다. 3개월 동안 매주 열심히 연습해서 마침내 사람들 앞에서 공연하는 경험을 반복하는 것은, 노력과 보상을 결합하는 효과적인 학습법이다.

교육열이 그다지 높지 않은 지역이다 보니 영어 뮤지컬 반에서 첫째는 처음부터 주요 배역을 맡았다. 〈라이언 킹〉에서는 주인공 아버지 무파사, 〈신데렐라〉에서는 신데렐라, 〈미녀와 야수〉의 야수, 〈백설공주〉의 새엄마, 〈라푼젤〉의 라푼젤, 〈겨울왕국〉의 엘사 등을 맡았다. 맬컴 글래드웰은 『다윗과 골리앗』에서 비명문대학 '하트윅의 올스타들'이 그들보다 입학 성적이 더 좋았으나 하버드에서는 하위 1/3에 속한 '하버드의 얼간이들'보다 훨씬 더 뛰어난 학업 성취를 보여준 사례를 소개한다. 사람은 스스로 잘한다고 느껴야 더 열심히 하는 법이다. 외국어에 능숙한 애들 사이에서 열등감을 느끼기보다는 다 같이 못하는 애들 사이에서 조금만 노력해도 보상을 받는 경험이 외국어를 처음 배울 때는 큰 이점이 된다.

나는 아이의 배역만이 아니라 다른 배역이 맡은 대사와 노래도 모두 암기시켰다. 선생님도 그걸 알고 있어 공연할 때 무대공포증이나 기타 사정으로 결원이 생기면 우리 아이에게 대역을 시켰다. 공부에 있어서나 일에 있어서나 전체를 보는 사람과 자신이 맡은 역할만 아는 사람 사이에는 시간이 흐를수록 엄청난 차이가 생긴다.

둘째도 영어 뮤지컬 수업을 받지만, 코로나19 팬데믹으로 여러 차례 수업이 중단되고 수업이 진행되더라도 수강생 수가 대폭 줄어 예전만큼 흥이 나지는 않는다. 마스크를 쓰고 수업하니 의사소통에도 지장을 받는다. 그러나 영어에 약간 익숙해지고 표현력도 좋아졌으니 안 한 것보다야 훨씬 낫다.

☆ ☆

교육에 관심이 많은 편이지만, 실제로 지식 교육에 쓴 돈은 아이들이 유아일 때는 영어 뮤지컬 수업을 듣는 데 쓴 매달 5만 원 정도가 전부인 것 같다. 초등학교 입학 후에는 학습지, 원어민 화상 영어 수업 등으로 저학년인 둘째에게는 한 달에 10여만 원 정도, 고학년인 첫째에게는 20여 만 원 정도 지출한다. 그보다는 실험과학, 생명과학, 공예 수업, 코딩 수업, 요리 수업 같은 체험 프로그램이나 무엇보다도 예체능 교육에 돈이 많이 들었다.

요즘에는 우쿨렐레나 칼림바 등은 학교에서 악기를 제공해서 가르치기도 하고 수영도 교과과정에 있기는 하다. 그러나 장기간 배우는 피아노, 태권도, 수영, 무용 등은 전액 사교육비로 지출하다 보니 누적 비용이 크다. 학교 주변의 피아노학원과 태권도 학원은 대개 주 5일 수업을 기본으로 운영하고 주 3일 수업을 받더라도 수강료가 같거나 미미하게 할인해준다. 운영상의 편의 때문이겠지만, 그러다 보니 비용도 부담스럽고 수업 시간도 너무 많아 다른 걸 배울 시간을 내기 어렵다. 맞벌이 가정의 수요와도 연관이 있는 것 같다. 많은 아이들이 미술학원, 피아노학원, 태권도 학원 등을 연달아 수강한 후 저녁 때 학원차로 귀가한다.

수영장이 적은 우리 현실에서 어려움이 있겠지만, 수영 수업시수를 대폭 늘려서 아이들이 학교 수업만으로도 수영을 어느 정도 익힐 수 있었으면 좋겠다. 지금처럼 수업시수가 적으면 오히려 학교 수업에 대비하기 위해 미리 학원에서 수영을 가르쳐야 할 필요를 느낀다. 잠깐 외국에서 생활할 때 유럽인들은 수영을 못 하는 나와 다른 한국인들을 보며 학교에서 안 배웠느냐며 의아해했다.

사교육비 지출이 높지 않으므로 아이를 키우는 데 가장 많이 드는 비용은 식비와 레저비(취미활동이나 외출, 소풍, 여행 등에 지출하는 비용)다. 나 혼자 살 때보다 식비가 네 배쯤 늘어난 것

같다. 내가 모든 식재료를 재래시장에서 사서 전적으로 집밥과
엄마표 간식을 만들어 먹인다면 식비가 다소 줄어들겠지만, 워
킹맘인 나에게는 돈보다 시간이 더 아쉬울 때가 많다. 주말에는
무조건 밖으로 나가야 하고 간혹 테마파크, 키즈카페도 가고 여
행도 가야 하니 돈을 쓰지 않을 수가 없다.

☆☆☆

　정부가 입양부모에게 주는 혜택으로는 입양 수수료 면제,
입양아에 대한 의료급여(1종), 월 15만 원 지급하는 양육수당이
있다. 이 양육수당은 첫째를 입양할 때는 만 13세까지였는데,
점차 대상 나이가 확대되고 있다. 장애아동의 경우는 양육 보조
금과 의료비를 따로 더 지원한다. 심리치료가 필요한 아동에 대
한 치료비 지원도 월 20만 원 내에서 가능하다고 한다. 둘째를
입양할 때는 신설된 입양 축하금으로 100만 원을 받았던 기억
이 있다. 보건복지부는 2022년부터 입양 축하금을 200만 원으
로 인상하고, 양육수당을 월 20만 원으로 상향한다고 발표했다.
　입양 수수료는 정부와 입양기관 사이에 주고받는 돈이라
혜택이라는 느낌이 별로 없다. 의료급여는 앞서 언급했듯 아이
가 성인이 되기 전에 큰 병에 걸리거나 큰 사고를 당하지 않는

이상 미미한 금액이다. 결국 매달 받는 15만 원이 핵심인데, 부모의 경제력을 어느 정도 따져서 입양 여부를 결정하므로 대개 중산층인 입양가정에 한 달에 15만 원이 그렇게 큰 액수는 아니다. 그러나 10만 원인 아동수당처럼 크지는 않더라도 없으면 아쉬운 금액이기도 하다. 보편적 복지인 아동수당은 둘째가 만 6세가 되기 직전에 신설되어 몇 개월밖에 못 받았다.

위탁가정은 아이를 양육하는 데 필요한 실비를 지원받는 것이 원칙이지만, 가족으로 생활하며 자식과 똑같이 키우면 필수적이지 않은 비용이나 증빙이 어려운 비용을 많이 지출하게 될 것이다. 위탁가정 이야기를 다룬 『천사를 만나고 사랑을 배웠습니다』의 저자는 돈을 얼마나 받기에 남의 아이를 대신 키워주냐는 색안경을 낀 시선을 자주 받았다고 한다.

입양가정과 위탁가정, 보육시설이 받는 정부 지원금을 지적하면서, 그 예산으로 부모에게 경제적 지원을 하면 양육을 포기하지 않을 거라는 시각이 있다. 이것은 앞서 언급했던 '보호조치 아동의 발생 원인' 표에서 확인할 수 있듯, 실제 데이터에 근거하지 않은 관점이다.

보호자가 없는 임산부는 공동시설(흔히 미혼모시설로 불린다)에서 숙식과 돌봄을 제공받고 기초생활보장 수급비, 직업 교육 등 자립을 위한 각종 지원을 받으며 퇴소할 때는 수백만 원의 자립금을 받는다. 한부모가족복지시설 입소 기간은 최대 5년이었는데, 2021년 최대 8년으로 확대되었다. 아이 양육 여부와 상관없이 소득이 없는 사람은 기초생활보장 수급자로 선정되어 지원을 받는다. 한부모가족의 경우 소득이 기준 이하면 저소득 한부모가족으로 지원받는다. 차상위계층도 여러 혜택을 받는다. 위기가정 긴급생계지원금도 있다. 이런 복지 제도는 최근에 생겨난 것도 아니고 오래전에 생겨나 조금씩 보완됐다. 많은 기초생활보장 수급 가정에서 자녀를 양육하고 있으므로, 양육 포기가 정부 지원 미비 때문이라고 단정하기는 어렵다.

정부에서 미혼모에게 한 달에 13만 원을 지급하고 입양가정에는 15만 원, 위탁가정에는 67만 원을 지급한다면서 정부가 양육을 포기하도록 조장한다는 기사나 글을 인터넷에서 흔히 찾을 수 있다. 미혼모는 미혼모시설에 들어갈 수 있고 시설에 들어가지 않아도 경제적 형편에 따라 기초생활보장 수급 등의 복지 혜택을 받을 수 있다. 한 달 13만 원의 수당은 저소득 한부모가족에게 지급하는 양육비를 의미하는데 최근 20만 원으로 인상되었고, 저소득 한부모가족 혜택 중 양육비 지원은 일부분이다. 그보다 각종 공공임대주택에 신청할 때 우선순위가 된다는 것이 가장 큰 혜택이다. 방과후학교와 공공이 운영하는 문화센터의 스포츠, 문화 강좌도 무료로 수강할 수 있다. 그 외에도 정부 시행 사업이나 운영 기관에서 대개 우선순위가 되고 비용 할인이나 면제 혜택을 받는다.

1부에서 언급했듯, 〈2018년 한부모가족 실태조사〉에 따르면 기초생활보장 수급 가정·차상위계층·저소득 한부모가족을 합쳐 한부모가족 중 46%가 정부 지원을 받는다고 한다. 정부 지원을 받는 한부모가족도 많지만, 부모 양쪽이 있는 기초생활보장 수급 가정·차상위계층이 객관적으로 저소득 한부모가족보다 상황이 더 나은 것이 아니므로 형편이 어려운 부모를 지원하는 것은 미성년자를 키우는 기초생활보장 수급 가정·차상위계층 전체와 저소득 한부모가족 전체를 지원하는 문제다. 이렇게 많은 가구에 경제적 지원을 대폭 강화하는 것은 현실적인 어려움이 있을 뿐 아니라, 양육 포기를 방지하려는 노력과는 다른 차원의 문제다.

물론 복지 사각지대가 존재해 생활이 어려워도 기초생활보장 수급자가 되지 못하는 한부모가족도 있을 것이다. 그러나 이 것은 복지 전반의 문제고, 장애인 단체 등에서 줄기차게 시정을 요구해서 부양의무자 기준이 계속 완화되고 있다.

경제적으로 어려운 수많은 부모 중 왜 극소수는 양육을 포기하고, 왜 대다수는 포기하지 않을까? 미혼모로 한정하더라도 미혼모시설 입소자 중 어떤 이들은 양육을, 어떤 이들은 입양을 선택한다. 비슷한 형편에서도 다른 선택을 하는 다양한 사정이 있다. 무조건 친부모가 아이를 키우는 것이 최선이며, 친부모는 명백하게 불가피한 상황에서만 양육을 포기할 것이라는 신념을 가진 사람들은 객관적인 현실을 보지 않고 자꾸 이 사회가 양육을 포기하도록 친부모를 몰아가고 있다는 논리를 만들어 낸다.

양육 포기 가정은 일부의 위기가정이라 한부모가족이나 저소득 가정과 구분해서 생각해야 한다. 표면적으로는 경제적인 이유로 양육을 포기했더라도 개별 사례마다 다 양상이 다르다. 최근 한 아동학대 사망 사건에서 범죄자는 여자친구를 착취하다가 임신하면 미혼모시설에서 아이를 낳게 하고 입양을 보낸 후 다시 그 여성을 데리고 살면서 착취했다. 이 경우도 경제적 이유로 입양을 보낸 것이지만, 문제의 본질은 비정상적인 관계다. 몇몇 여성은 다행히 그의 손아귀에서 벗어나 숨어 살았지만, 마지막 여성은 그가 감옥에 있는 동안 미혼모시설에서 아이를 낳은 후 어머니 집에서 키우고 있었는데, 그는 출소 후 여성과 아이를 모두 데려가 학대하다가 아이를 살해했다.

무엇보다도 양육 포기는 아동복지와 관련된 문제에서 빙산의 일각에 불과하다. 현재의 복지 수준에서도 아동을 학대하고 방임하면서도 양육을 포기하지 않는 가정이 많고, 우리 사회는 그에 대한 대책이 없다.

『힐빌리의 노래』는 미국의 복지 제도가 왜 백인 하층민의 삶을 개선하지 못하는지 보여준다. 저자가 졸업한 학교의 선생님은 "방황하는 아이들 대부분이 늑대에게 길러진다는 현실을 툭 까놓고 얘기하는 사람은 아무도 없다는 게 문제"라고 토로한다. 경제적 지원은 취약계층의 기본 생계를 보장하지만, 무너진 가정과 절망의 문화는 해결할 수 없다. 저자는 정신력이 강한 외할머니에게 구원받고 성공을 거두지만, 그는 자신이 속했던 계층에서 예외적인 행운아였다.

☆ ☆

아이 양육에만 전적으로 매달리는 시기는 인생 전체로 보면 짧다. 조앤 롤링은 이혼 후 극빈 상태에서 정부의 보조금으로 어린 딸을 키우며 『해리 포터』를 썼다고 한다. 미혼부모나 이혼·사별 가정의 한부모가 경제적으로 어려운 시기를 복지 혜택으로 견디며 자립을 준비한다면 자랑스럽게 과거를 회상할 날이 금방 올 것이다.

한부모가족에 대한 경제적 지원 못지않게 정서적, 사회적 지원이 중요하다. 그런데 이런 부분은 사생활에 속한 영역이라

공공에서 지원하기 어렵다. 장애인들이 주변 사람들에게 착취당하는 일이 흔한 현실에서 사회적으로 고립된 싱글맘 역시 그런 대상이 되기 쉽다. 하류층에서 여성이 남성에게 경제적으로 착취당하는 일은 흔하다. 내 어머니도 평생 그렇게 살았다. 복지 제도가 거의 없다시피 한 시절이지만, 착취자가 없는 한부모가족이었다면 우리 가족은 경제적으로도 훨씬 잘살았을 것이다.

높은 작품성으로 화제가 된 일본 드라마를 리메이크한 〈마더〉(2018년)에는 미혼모만 골라서 사귀는 전형적인 아동학대범이 등장한다. 미혼모와 사귀면 주거가 해결되고 부양할 필요가 없다. 고립된 미혼모는 유혹하기 쉽고, 착취하기도 쉽다. 최근 10~20대에서도 고도로 정교한 범죄 수법을 흔히 볼 수 있는데, 젊을수록 인터넷을 통한 정보 습득에 능숙하기 때문이다. 사람을 이용하고 착취해서 쉽게 돈을 버는 방법이 인터넷에 널려 있다. 많은 젊은이가 직업을 갖기도 전에 사람을 착취하는 기술을 습득하고 있다.

앞서 언급한 아동학대 사건에서도 남자는 사귀는 여자마다 중고 거래 사기에 이용했다. 그는 일부러 보육원 퇴소 여성이나 지적 능력이 부족한 여성 같은, 사회적으로 취약한 상황에 있는 여성을 착취 대상으로 삼았다.

싱글맘의 가장 큰 위험은 경제적인 것이 아니라 나쁜 남자를 만났고, 앞으로도 나쁜 남자를 만나기 쉽다는 것이 아닐까? 싱글맘만이 아니라 모든 여성의 가장 큰 리스크는 남자를 잘못 만나는 것이다. 상류층 전문직 여성도 남자를 잘못 만나면 헤어지기 전에는 불행에서 벗어나기 어렵다. 그리고 사회적으로 고립된 여성이 남자를 잘못 만날 가능성이나 그로 인한 피해는 경제적, 심리적, 사회적 자원이 풍부한 여성에 비할 바가 아니다.

선수를 돈으로 보는 스포츠 산업의 에이전트가 개과천선하고 성공도 거두는 영화 〈제리 맥과이어〉에서 싱글맘에게 양육된 운동선수는 싱글맘을 사귀는 주인공에게 싱글맘은 성스러운 존재(A single mother, that's a sacred thing, man.)라고 말한다. 주인공이 여자친구에 대한 감정에 확신이 없는 채로 얼떨결에 청혼하고 결혼 후에도 겉돌자 그의 본심을 간파하고 솔직해지라고 조언한다. 어정쩡한 태도로 상처를 주지 말고 그녀를 진지하게 대하라는 것이었다. 주인공은 자신에게 진실해지기로 하고 둘은 잠시 헤어진다. 나중에 주인공이 일에도 성공하고 사랑에도 확신을 느껴 다시 두 사람은 결합하게 된다. "당신은 나를 완성시켜 줘(You complete me)."라는 유명한 대사와 함께. 주인공은 그토록 갈망하던 성공을 거머쥐는 순간, 가장 중요한 것이 빠져있다는 것을 깨달은 것이다.

싱글맘은 동정을 받아야 할 존재가 아니다. 싱글맘은, 모든 어머니는 신성한 존재다. 자신의 강력한 힘과 권능을 느끼며 세상의 도전에 정면으로 대결해야 한다. 아이들도 강인한 존재다. 아기들도 어떻게든 살아보려고 기를 쓰고 온갖 책략을 구사한다. 무엇보다도 아이들은 금방 자란다. 지금은 연약한 가면 속에 정체를 감추고 있지만, 어머니와 아이들의 강력한 연대는 해가 갈수록 막강한 세력을 형성한다. 자신의 내면에 감춰진 원더우먼의 파워를 삶의 에너지로 변환할 기술을 연마해야 한다.

☆ ☆

취약계층에 대한 양육 지원 확대를 요구하기 위해 그렇지 않아도 몹시 부족한 입양가정과 위탁가정을 문제 삼는 것은 아동보호에 역행하는 일이다. 입양가정과 위탁가정에 대한 부정적 시선은 혈연 중심주의에 따른 편견 때문이다. 이 편견이 아이들을 위협하고 있다.

아이를 키우기 힘든 것은 무엇보다도 일·가정 양립의 어려움 때문이다. 이것은 개별 가정뿐만 아니라 인구가 감소하는 시대의 국가 경쟁력과도 직결되는 문제다. 모든 여성과 남성이 아이를 키우면서, 또는 아픈 가족을 돌보면서 큰 지장 없이 경제활동을 하는 사회를 만드는 것이, 양육의 어려움과 노후 빈곤, 고령화 사회의 돌봄 문제, 국가 재정 악화를 해결할 유일한 해법이다.

직장에 다니며
아이 키우기

어린이집 운영 시간은 아침 7시 30분에서 저녁 7시 30분까지다. 어린이집은 야간보육 신청을 받아 밤까지 운영하기도 하고, 공단 지역은 24시간 운영하기도 한다고 한다. 하지만 맞벌이 부부가 많은 서울 강북의 주택가에서 아이를 키운 내 경험으로는 어린이집 운영 시간을 지키는 곳은 국공립 어린이집뿐이었다. 민간 어린이집은 홈페이지에는 국공립 어린이집과 운영 시간이 같다고 기재했지만 입소 상담을 하면 8시나 8시 30분부터 오후 6시 정도까지 운영한다고 얘기했다. 운이 좋아 국공립 어린이집에 입소해도 실제로 아침 7시 30분에 아이를 맡기고 저녁 7시 30분에 찾으면 아침과 저녁에 혼자 심심해서 미칠 지경인 아이를 발견하게 된다. 집단생활을 하는 곳에서 하루에 12시간이나 있으면 어른도 힘들다. 주변의 맞벌이 부부들은 대개 9시부터 오후 5시 정도까지만 어린이집을 이용하고 등원 전 한두 시간, 하원 후 몇 시간 동안 아이를 돌봐줄 사람을 따로 구했다. 그래서 어린이집에 드는 비용은 별로 없지만, 개인적으로 많은 보육비가 든다. 그러면서 엄청난 스트레스도 추가로 받는다.

나는 주말에 일해야 하거나 다른 사정이 생기면 정부의 아이돌봄서비스를 이용했다. 어머니가 아이들을 돌보지 않게 된 후로는 매일 저녁 3~4시간씩 정기적으로 이용했다. 이 서비스는 민간기업과 달리 알선 수수료가 없으므로 저렴한 편이다. 그래도 부모에게는 부담스러운 금액인데, 소득 수준에 따라 보육료가 지원되므로 소득이 낮은 가정은 상당한 혜택을 받을 수 있다.

정부가 직접 아이돌보미를 고용해서 보육 서비스를 제공하는 나라는 별로 없을 것이다. 아이돌보미의 학대가 문제가 된 적이 있다. 어린이집이나 학교도 마찬가지인데, 아동학대나 학교폭력이 발생했다는 사실만으로 관련자들을 매도하면 문제가 있어도 숨기려는 경향이 강해지고 아이들을 적극적으로 지도하기보다는 문제를 만들지 않는 데만 몰두하게 된다. 영화 〈마이너리티 리포트〉처럼 일어나지 않은 범죄를 미리 막을 수는 없는 일이므로 어린이집이든 학교든 정부 지원 아이돌봄서비스든 100% 아동학대를 미리 방지하기는 불가능하다. 어쩌다 발생한 사건에 흥분하기보다는 막을 수 있었던 일인지 분석한 후 아동학대를 조기에 감지하고 재발 방지를 막는 시스템 구축에 힘써야 한다.

초등학교 3학년까지 학교 돌봄교실을 이용하고, 4학년부터 중학생까지는 청소년센터의 방과후아카데미를 이용한다. 한부모가족이라 아이가 돌봄교실과 방과후아카데미를 전전해야 한다고 비관적으로 표현한 글을 인터넷에서 보았는데, 이런 서비스는 기본적으로 맞벌이 가정을 주요 대상으로 하는 데다, 내가 경험한 바로는 오히려 이런 서비스를 이용하지 않는 아이들이 손해라는 느낌이었다. 무료로 좋은 프로그램을 많이 진행하고, 학생당 교사 수도 많아서 충실한 교육이 이루어진다. 대상이 된다면 이용하지 않을 이유가 없다. 친구들이 학원에 가거나 스마트폰을 하는 동안 첫째는 방과후아카데미에서 다채로운 문화 활동과 체험활동을 하며 시간을 보낸다. 코로나19 팬데믹 상황에서도 대면과 비대면으로 프로그램이 이어져 아이가 전혀 지루할 틈이 없었다. 아이가 다니는 방과후아카데미에서는 영어와 수학, 중국어도 가르쳐 준다. 이외에도 지역아동센터, 우리동네키움센터 등 여러 보육지원 시설이 있다.

우리나라에서 아이를 키우기 힘든 것은 정부 지원이 부족해서가 아니라 회사가 바뀌지 않아서다. 부모의 노동 현실을 그대로 둔 채 아이에게 하루 12시간, 혹은 15시간 양질의 무료 돌봄을 정부에서 제공하는 건 근본적인 해법이 아니다.

☆ ☆

육아휴직으로 결원이 생긴 팀의 업무량과 매출 목표를 조정해 주지 않는 회사가 많다. 그래서 같은 팀에서는 육아휴직자가 생기면 어쩔 수 없다고 여기면서도 그 부담을 자신들이 지는 것을 불만스러워한다. 돈은 돈대로 쓰면서 아이도 힘들고 부모도 힘들고 회사와 동료들의 눈에 보이지 않는 압박에 시달리다 보니, 육아휴직에서 복직한 후 퇴사하는 경우가 많다. 육아휴직으로 기존 업무와 많이 단절되었기 때문에 아예 복직하면서 이직을 준비하기도 한다. 이 때문에 육아휴직에 대해 더욱더 부정적인 인식이 생긴다.

육아휴직을 쓰면 고용보험에서 대체 인력 고용을 지원해 준다. 숙련 인력을 단기 계약직으로 대체하는 게 쉽지는 않지만, 모든 업계에서 프리랜서가 증가하고 있으므로 회사 차원에서 대책을 세우면 좋을 것 같다. 회사에서 이런 제도를 활용해 인력 보강을 하는 데 소홀하면 인력 손실을 다른 직원들이 몸으로 때워야 한다. 사실 일반 회사는 육아휴직자는커녕 연간 15일의 연차도 고려하지 않고 업무 계획을 세우는 일이 많다. 회사가 시스템으로 움직이려면, 직원들의 공식 휴가일수는 물론 평균 병가율, 이직률, 휴직률 등도 고려해서 계획을 세워야 한다.

육아휴직을 누구나 다 쓰는 분위기가 된다면 조직의 연령 구조도 다양해져야 한다. 모든 회사에서 경력이 충분하면서도 그에 비해 급여는 높지 않은 30대를 지나치게 선호하고, 20대는 아예 뽑지 않고, 4, 50대는 구박하거나 내쫓다 보면, 회사에서 주된 출산 연령인 30대의 비중이 지나치게 높아져 전체 직원의 1/3이 동시에 육아휴직을 하는 상황이 발생할 수도 있다. 고용이 비교적 안정된 회사의, 30대 여성 위주의 팀에서 그런 경우를 보았다. 어차피 고령화가 심화하고 있어 육아휴직과 상관없이 모든 회사가 직원들의 연령 구조를 심각하게 고민하게 될 것이다. 30대 신입도 흔한 상황이라 30대 경력자를 뽑기 매우 어려워지면서, 직원들의 고령화로 고민하는 회사들이 많은 것 같다.

중소기업은 육아휴직으로 인한 업무 손실보다 높은 이직률에 따른 비효율과 업무 손실이 훨씬 더 크다. 중소기업이 이직률을 대폭 낮춘다면 육아휴직과 상관없이 생산성을 크게 높일 수 있다. 2019년 8월 20일 '중소기업 노동생산성 향상 정책토론

회'에서 중소기업연구원이 발표한 자료에 따르면 2016년 기준 종업원 500명 이상 대기업의 노동생산성을 100이라고 할 때 종업원 10~49명인 국내 중소기업의 노동생산성은 23.7%에 불과했다고 한다. 중소기업연구원은 그 이유로 대기업은 평균 근속 기간이 10년 3개월인데 중소기업은 규모별로 4년 4개월~7년 7개월로 숙련된 인력 확보가 어렵고 특히 핵심 인력의 잦은 이직으로 타격을 받는다고 지적했다. 사실 회사라는 데서 일해본 사람들은 대기업조차 얼마나 비효율이 만연해 있는지 잘 안다. 대기업이든 중소기업이든 육아휴직을 못 쓰게 하고 야근을 강요할 게 아니라 만연한 비효율을 제거해서 생산성을 높여야 한다.

어린이집 하원 후 오후나 저녁 시간에 아이를 돌보아줄 사람을 고용하는 것은 별로 어렵지 않다. 그러나 등원 전에 아침 일찍 아이를 한두 시간 맡아줄 사람을 구하기는 어렵다. 일하는 시간이 적어 대가가 적은데다, 아침 일찍 누군가 매일 집에 와서 일하면, 일하는 사람도 가족도 불편하다. 나 역시 아침 7시~9시 사이에 아이돌봄서비스를 이용하기도 했는데, 아이가 어릴 때는 유용했지만 엄마가 깨워도 잘 안 일어나는 초등학생을 깨워서 밥을 먹여 학교에 보내달라고 피고용인에게 부탁하긴 서로 부담스럽다. 입주 가사도우미나 아이돌보미를 고용해서 함께 생활하면 서로 더 많은 불편을 감내해야 한다. 그래서 육아기 근로시간 단축 제도는 유용하다. 아침에 부모가 1, 2시간만 늦게 출근할 수 있어도 친정, 시집 부모님을 힘들게 하거나 아침 일찍, 혹은 주야간 내내 누군가를 고용하는 부담에서 벗어날 수 있다.

이런 필요성을 인식해서 정부에서도 육아휴직이나 육아기 근로시간 단축을 합쳐서 1년으로 규정했던 법을 개정해 육아휴직 1년 외에 추가로 육아기 근로시간 단축 1년을 더 쓸 수 있도록 했다. 간병과 관련된 가족 돌봄 휴직·근로시간 단축·휴가 제도도 신설하여 확대하고 있다. 저출생 초고령화 사회에서는 아이와 노인, 환자들에 대한 '돌봄'이 국가적 역량을 총동원해야 할 최우선 과제이기 때문이다. 지금은 아이에 대한 돌봄 수요가 주목받고 있지만, 시간이 흐를수록 노인과 환자에 대한 돌봄 수요가 폭발할 것이다.

육아기 근로시간 단축 제도는 업무 시간만 줄이기 때문에 기존 업무의 상당 부분이 유지되게 해주어 숙련 인력 확보가 어렵고 인력에 여유가 없는 중소기업에 특히 바람직한 제도다. 그런데도 지금까지는 육아기 근로시간 단축 제도를 사용하는 사람들이 별로 없어 그런 제도가 있는지도 모르는 사람들이 많다. 특히 경제적 이유로 육아휴직을 하지 못하는 남성들에게 유용한 제도인데도 그동안 잘 활용되지 않았던 이유가 무엇일까?

합리적으로 업무량과 업무 성과를 측정하지 않는 회사는 육아기 근로시간 단축을 실시해도 줄어든 시간에 맞추어 합리적으로 업무량을 조정해 주지 않는다. 야근이 잦은 회사에서 시간제로 근무하고 퇴근하면 다른 직원들은 정시에 퇴근을 못하므로 일종의 특혜처럼 보이고, 줄어든 근무시간 때문에 할 수 없는 일들을 하지 않았다는 이유로 비난을 받기도 한다. 시스템의 문제가 계속 약자에게 전가되는 사슬 구조에서 아이를 키우며 회사에 다니는 것은 직장인에게 치명적인 약점이 되어 버린다.

☆ ☆

자녀 양육이 직장 여성의 핸디캡이라면 직장 남성에게는 이점이 되어 왔다. 많은 회사는 자녀가 생긴 남성이 책임감 때문에 앞으로 더욱더 열심히 일할 것으로 여겨 예전에는 인사고과의 정성평가(객관적으로 정량화하기 어려운 질적 차원의 평가) 점수를 후하게 줘서 일부러 승진시켜 주기도 했다.

그러나 아빠들이 회사일에만 헌신할 것이라고 믿는 회사들의 기대와는 달리 현실은 예전과 많이 달라졌다. 젊은 아빠들은 배우자와 번갈아 어린이집 등원과 하원을 책임지는 경우가 많다. 초등학교에서 아침에 등하교 교통 지도를 하는 녹색 학부모회에도 아빠가 나오는 경우를 흔히 볼 수 있다. 그래서 '녹색 어머니회'를 '녹색 학부모회'로 이름도 바꾼 것 같다. 문화센터의 유아동 프로그램이나 소아청소년과에 아이를 데리고 다니는 아빠들도 흔히 볼 수 있다.

배우자의 임신 기간과 출산 전후, 아이가 어릴 적에는 줄곧 정시에 퇴근하는 남성 직원들이 늘어나고 있다. 많은 남성이 아이 목욕, 청소, 쓰레기 분리수거 등을 전담한다. 배우자가 전업주부인 경우에도 아이가 아프거나 챙겨야 할 집안일(관공서 업무, 은행 업무, 각종 집수리 등)이 있으면 반차 휴가를 내는 남성 직원들을 여럿 보았다.

경영자들은 아직 이런 현실을 잘 모르는 것 같다. 아직 이런 남성들은 관리자가 아닌 일반 직원이 많은데, 직원의 출퇴근 시간, 휴가 내역까지 경영자가 일일이 알기는 어렵기 때문이다. 결재를 하더라도 직속상사가 아니라면 구체적인 사유는 모른다. 그래서 아직도 막연하게 집안일과 자녀 양육은 여성 혼자 전담하며 남성들은 주말에만 아이들을 데리고 놀아줄 것이라고 생각하는 경영자들이 적지 않은 것 같다. 또한 주말에도 아빠들의 우선순위는 회사일일 것이라고 기대한다.

그런데 남성들의 육아와 가사 시간이 늘어나긴 했으나 맞벌이 가정의 경우 여성보다 턱없이 적다는 것이 문제다. 2019년 통계를 보면 맞벌이 가정 남편과 외벌이 가정 남편의 가사노동 시간이 각각 54분, 53분으로 아무런 차이가 없다. 이런 상황은 명백하게 혼인율 하락과 출생률 저하의 원인이다. 여성은 직장에 다니면서 육아와 가사도 떠맡게 될까 봐, 남성은 혼자 가족을 부양하게 될까 봐 결혼과 출산이 부담스럽다.

그동안 내가 얘기해 본 외벌이 남성들은 배우자가 아이 양육 때문에 직장을 그만둘 수밖에 없었음을 불가피한 일로 받아들이는 것 같았고, 배우자가 전업주부더라도 자신이 집안일과 자녀 양육에 적극적으로 참여해야 한다는 걸 이해하는 것 같았다. 이 부분에 대해서는 오히려 결혼을 아직 하지 않은 남성들이 훨씬 더 불만스러워하는 것 같다. 데이트 비용과 결혼 비용에 대한 불만은 모두 아는 바이고, 맞벌이를 포기하는 여성에 대한 불만, 예전처럼 집안일과 아이 양육을 전담하지 않고 남편과 나누는 전업주부에 대한 불만이 크다. 사회적으로 해결해야 할 문제가 성별로 나뉘어 서로 매도하고 혐오하는 양상으로 치닫는 것은 우려되는 현상이다.

이렇듯 점점 더 집안일과 자녀 양육에 더 많은 시간을 쓰는데 회사에서는 이를 고려하지 않아 남성들의 부담도 커지고 있다. 집안일과 아이를 돌보는 일에 연차 휴가를 다 써서 진짜 휴식을 위해 쓸 수 있는 연차는 남지 않기도 한다.

한편에선 7시간 근무제를 실시하거나 금요일에는 오전 근무만 하는 회사도 있고, 아이가 있는 부모의 출근 시간을 1시간 늦춰주는 회사도 있다. 남성 육아휴직은 아직은 비율이 낮지만 매년 40~50%의 높은 증가율을 보이고 있다. 직원들의 일·가정 양립을 적극 지원하는가 여부가 인재 유치 전쟁에서 점점 더 중요해질 것이다.

워킹맘이 자주 야근을 하고 워킹대디는 별로 야근을 하지 않는 회사에서도 워킹맘은 육아 때문에 회사일을 등한시하고, 워킹대디는 회사일에만 헌신할 것이라는 편견을 가진 사람들이 많다. 자녀가 있는 여성 관리자가 자녀가 없는 직원들보다 훨씬 늦게까지 일하는 모습은 요즘 흔한 풍경이다. 그렇지만 자녀가 있다는 것은 회사 생활에서 늘 약점이 된다. 아이가 생기면서 직장을 그만두거나 저임금 노동자가 되는 여성들이 많아 전체 여성들이 영향을 받는다.

많은 이들이 지적하듯, 여성이 육아휴직을 마음 놓고 쓰는 것보다 남성이 육아휴직을 마음 놓고 쓰는 게 훨씬 더 중요하다. 여성이 주로 육아휴직을 한다면, 아이가 아플 때 휴가를 내고 당장 달려가는 쪽이 주로 여성이라면, 여성은 늘 이류 노동력 취급을 당할 수밖에 없기 때문이다. 여성이 승진에서 밀려나고 경력 단절 후 저임금 노동을 하게 되면 그 때문에 남편의 경제력에 더 의존하게 되어 남편이 일에 전념할 수 있도록 여성이 점점 더 육아와 가사를 도맡게 되는 악순환에 빠진다.

남성이 적극적으로 육아를 책임지고 회사와 사회 전체가 가정 친화적으로 바뀌면 여성이 자신의 의지에 반해 회사를 그만두지 않아도 된다. 그러면 그 여성의 남편도 혼자 생계를 책임지는 무거운 부담에서 벗어날 수 있다. 우리나라와 경제 수준이 비슷한 국가들은 맞벌이가 일반적이다. 여성이 일하기 힘든 현실을 고치지 않고 다른 부분을 아무리 개선한다 해도 가정 경제가 좋아지기는 어렵다.

노동력이 부족한 일본에서는 여성을 대형트럭 운전사로 모셔가려고 경쟁하기도 하고, 건설 현장에 여성을 끌어들이려는 캠페인을 벌이기도 한다. 우리나라도 빨리 바뀌지 않으면 노동력 부족과 산업 경쟁력 약화, 경제 수준 하락이 연쇄적으로 닥칠 것이다.

☆ ☆

직장에서 인정받던 여성들이 아이를 양육하면서 평가절하되는 경우는 흔하다. 나는 아이 양육이 회사일에 아무 영향을 끼치지 않을 때는 불이익을 받지 않았다. 아이를 키우면서도 야근과 주말 근무를 많이 했다. 그러나 1년에 두 번 가던 해외 출장을 못 가게 되고, 밤새 아이를 돌볼 사람이 없어 1박 2일 회사 워크숍에 불참해 인사실장의 경고를 받았다. 개인 성과가 높아도 직원 중 가장 낮은 연봉 인상률을 통보받았다. 성과는 다른 사람에게 넘어가고 조직의 문제는 내 탓이 되어버렸다. 나이도 많고 어린 애들도 딸려 있으니 그렇게 해도 내가 회사를 그만두지 않을 거라고 여긴 것이었다. 아이를 키우는 것이 약점인 세상에서 나는 만만한 약자다.

그러나 시간은 내 편이다. 내 아이들이 자라나 독립성을 키울수록 나 역시 자유로워지고 우리는 강력한 연대로 뭉친 무적의 미녀 삼총사가 될 것이다.

☆ ☆

아이를 키우며 나이도 많은 여성들이 회사에서 무시당하다가 좋은 경쟁사로 이직에 성공하는 모습을 여러 번 보았다. 오랜 기간 자녀 양육과 회사 생활을 병행한 여성들은 오랜 경력만큼 전문성도 높지만 자기 관리가 철저하고 효율적으로 일한다. 가정을 운영하는 일과 회사를 운영하는 일은 상당히 비슷한 일이다. 아이들은 쑥쑥 자라나고 부모는 점점 더 자유로워진다. 아이들을 키우며 회사에서도 성장해온 부모는 제약 조건 속에서 늘 최선을 추구하며 습득한 효율성과 실행력, 회사와 가정에서 쏟아지는 일들을 바로바로 정리하여 우선순위를 설정하고 조정하는 능력 등을 자산으로 갖게 된다. 일하는 부모에게 자녀가 주는 선물은 그뿐만이 아니다.

역사와 문학을 전공한 문과생으로서 유튜브 CEO를 역임하고 있는 수전 워치츠키는 2016년 〈중앙일보〉 인터뷰에서 유아부터 고등학생까지의 다섯 자녀가 자신의 비밀병기라고 밝혔다. 유튜브의 특성과 주요 대상을 생각해 보면 고개를 끄덕이게 된다. 나 역시 초등학생 자녀를 통해 최신 트렌드를 주변 젊은이들보다 먼저 접하는 경우가 많다. 초등학생 시절이 가장 유행에 민감한 시기이기 때문이다. 중학생만 되어도 자기만의 '취향'이란 것이 생겨난다.

수십 년의 세월을 뛰어넘어 다른 세대와 교감하는 것은 사회생활과 직업 세계에서 무엇보다 강력한 경쟁력이다. 자녀가 없더라도 조카들을 키우다시피 하는 여성들이 많다. 요즘에는 다정한 삼촌들도 많다. 꼭 가족이 아니더라도 세대와 세대를 뛰어넘는 공감과 소통, 그것은 변화에 적응하는 속도가 중요한 21세기 직장인의 자산이다.

80개국에서 26만 명의 직원이 일하는 펩시코에서 12년간 CEO로 재직한 인드라 누이는 2018년 퇴임 후 모든 사람이 일과 가정의 양립을 실현할 수 있는 세상을 만들기 위해 헌신하겠다고 선언했다. 눈부신 경영 성과를 내면서도 펩시코 CEO보다 두 딸 프리티와 타라의 엄마로 불리는 걸 더 좋아했던 누이는 밀레니얼 세대인 두 딸이 자신처럼 가정과 경력 사이에서 아슬아슬한 줄타기를 하면서 살지 않도록 세상을 바꾸고자 한다. 동참하지 않을 이유가 있을까?

아이들이
안전한 사회

인구 밀도가 높은 서울에 살고 특히 우리 가족이 거주하는 지역은 늘 사람이 많고 평범한 시민이나 회사원들이 주로 다니는 지역이라 위험한 상황이 발생할 일이 거의 없지만, 아이들에게 혹시 누가 따라오는 것 같으면 즉시 근처 편의점에 들어가 나에게 전화하라고 한다. CCTV에 대해 찬반양론이 있지만, 피해자가 되기 쉬운 약자에게는 우리나라에 CCTV와 블랙박스가 엄청나게 많아 대놓고 범죄를 저지르기 어렵다는 것이 얼마나 다행인지 모른다. 어른이 말을 걸거나 도와달라고 하면 고개를 돌리지 말고 못 들은 척하며 지나가라고 한다. 사람이 별로 다니지 않는 좁은 골목에는 들어가지 말고 늘 큰길로 다니라고 한다.

나는 공공화장실을 이용할 때는 지하철역과 경비원이 있

는 큰 빌딩, 대형마트 화장실만 이용한다. 음식점 내에 있는 화장실은 이용하지만, 여러 가게가 함께 쓰는 상가 공용 화장실은 되도록 피한다. 하지만 아이들과 함께 다니면 어쩔 수 없이 관리가 잘 안 되는 열악한 상가 화장실을 이용해야 하는 경우가 있다. 그런 경우에는 화장실에 누가 있나 전부 문을 열어보고 확인한 후 아이를 들여보내고 문가에서 주위를 살핀다. 상가 화장실에 몰래 설치된 카메라의 피해자가 될 수도 있고 노출증 환자를 마주칠 수도 있다. 과거 노래방에서 친구들과 놀다가 화장실에 갔던 여성이 성범죄자를 피하려고 도망치다가 옥상에서 추락한 사건도 있었다.

강남역 살인사건이 일어났을 때, 모든 여성은 전쟁터에 살고 있음을 피해자와 친구들이 모르고 있었다는 생각이 들었다. 남성이 여성에게 저지르는 살인, 폭행 건수를 보면 여성에게는 매일매일이 전쟁 상황이다. 극단주의 테러리스트가 국내에 잠입해서 비슷한 사건을 한 건만 저질러도 전국에 비상이 걸릴 텐데, 옛날부터 흔했으므로 아무리 많은 사건이 일어나도 별 일 아니라는 식이다. 그래도 상황을 개선하기 위한 공론화가 조금씩 진전되고 있다.

밤중에 여성이 택시를 혼자 탄다면 예전에는 매너 있는 동료 남성이 택시를 잡아주고 번호를 적었다. 요즘에는 남성이 택시를 잡아주지 않더라도 애플리케이션을 활용하여 자신의 위치를 외부에 알릴 수 있다. 심각한 범죄는 이런 식으로 막을 수 있지만, 만만한 약자라서 무시당하는 건 막을 수 없다. 지금은 그런 일이 별로 없지만, 이삼십 대에는 택시 기사의 불친절 때문에 택시 타는 게 싫어서 되도록 대중교통이 끊어지지 않는 시간에 일찍 귀가했다. 그때도 택시 기사를 폭행하고 무례하게 구는 사람이 많았다. 나에게 불친절하게 구는 택시 기사를 보면 '저 사람은 무례한 손님에게 당한 화풀이를 만만한 나한테 하는구나'라고 느꼈다.

범죄 피해는 당연히 약자 탓이 아니다. 그러나 약육강식의 세상에서 짓밟히지 않으려면 늘 신경을 곤두세워야 한다.

여성은 불법체류자, 노인, 장애인처럼 약자이기 때문에 짓밟히는 한편, 남성들이 가장 원하는 것을 지닌 이중적 존재다. 그래서 무시당하고 짓밟히기만 하는 게 아니라 만만한 먹잇감, 때로는 황금알을 낳는 오리가 된다. 초등 고학년 여학생과 여중생, 여고생은 가장 만만한 성착취 대상이다. 가만히 있어도 성희롱을 당하는데, 가출하면 가출팸에서도 성매매를 강요당한다. 채팅앱에 가입하면 조건만남을 요구하는 성인 남자들이 줄을 선다. 디지털 성범죄는 한류의 대표적 수출 항목이 되었다. 유아와 초등 저학년생들은 대체로 늘 보호자와 함께 있으므로 성범죄에 흔하게 노출되지는 않지만, 그렇지 못한 경우는 사정이 다르다. 가정과 학교의 안전망 안에 있는 아이와 조금이라도 바깥으로 나온 아이의 처지는 하늘과 땅 차이다. 안전망을 벗어난 아이에게 이 세상은 정글이다.

나는 지금까지 살아오면서 성추행과 성희롱은 물론 '여성 혐오 범죄'로 보이는 경우(대낮에 길을 걷던 남자가 아무 이유도 없이 나를 가방으로 내려친 뒤 가버리거나 지하철에서 사람들을 헤치고 지나가던 남자가 유독 나를 심하게 밀치고 지나가거나 하는 일들)도 여러 번 겪었고 여러 번 성폭행을 당할 뻔했으나 다행히 위기를 모면했다. 그것은 단지 운이 좋았기 때문이었다. 내가 평생 인구 밀도가 높고 세계적으로 안전한 도시로 손꼽히는 서울에서 살았고, 엄청나게 조심성이 많을 뿐만 아니라 한밤중이나 새벽에 돌아다니는 일이 거의 없다는 점을 생각한다면 이 세상이 여성에게 얼마나 위험한지 알 수 있다.

성추행 범죄는 십 대에 가장 많이 겪고, 다음으로는 이십 대에 몇 번 겪었다. 삼십 대 이후로는 별로 그런 범죄를 겪지 않았다. 수십 년 전 대중교통이 지금보다 훨씬 더 혼잡했다는 점도 한몫한 것 같고, 그보다는 범죄자들이 상대를 봐가며 범죄를 저지르기 때문으로 보인다. 사회생활 경험이 적어 보이는 만만한 어린 여자들을 상대로 범죄를 저지르는 것이다. 시골에서는 혼자 사는 할머니들이 성범죄에 희생당하는 사건이 종종 발생한다. 어린이와 노인에게 성범죄를 저지르는 사람들은 변태일 수도 있지만, 그보다는 만만해서인 경우가 더 많을 것이다.

☆ ☆

안전한 도시를 만들려면 걸어 다니는 보행자들이 언제 어디서나 위협받지 않도록 도시를 설계해야 한다. 하지만, 교외는 물론 지방 도시들도 대개 차량 중심으로 설계되어 있어 걸어 다니는 사람들은 자동차 사고는 말할 것도 없고, 온갖 범죄 위험에 노출된다. 대도시도 주택가에 수시로 드나드는 차량과 오토바이로 마음을 놓을 수 없다.

나는 아이들에게 입이 닳도록 잔소리를 퍼부으며 차를 조심하라고 오랫동안 세뇌시켰다. 길을 걷다가 왼쪽이나 오른쪽에 골목이 있으면 반드시 고개를 돌려 자동차나 오토바이가 오는지 확인해라. 차는 앞으로만 가는 게 아니라 뒤로 후진할 수도 있다. 가만히 있는 차가 갑자기 움직일 수 있으니 늘 떨어져 있어라. 교통신호를 지키지 않는 차들이 있을 수 있다. 푸른 신호등이더라도 늘 차가 멈추었는지 확인하고 건너라. 오토바이, 킥보드는 횡단보도, 주택가 골목을 가리지 않고 달리고 도로에서

역주행을 하기도 한다. 길을 걸을 때, 횡단보도를 걸을 때는 갑자기 뛰지 말고 일정한 속도를 유지해 오토바이나 자동차가 너를 덮치지 않도록 유의해라. 사각지대에 있다가 갑자기 길에 들어서면 운전자가 너를 못 볼 수 있으니 늘 사방을 둘러보고 확인한 후 전진해라. 나는 아이들 뒤를 따르며 내 잔소리를 숙지하고 지키는지 확인한다. 엄청난 잔소리에 세뇌된 덕분인지 아이들은 골목이 나타나면 혹시 차가 오지 않는지 고개를 돌리고, 횡단보도를 건널 때에는 차들이 멈추었는지 확인하고 건넌다.

안전한 세상을 만들려면 운전을 하는 비장애인 30~50대 남성의 시각이 아닌, 걸어 다니는 아이, 노인, 청소년, 여성, 장애인의 관점에서 모든 공간을 설계하고 사회를 재조직해야 한다.

소리 지른 적이 없는 사람은 소리 지를 일이 생겨도 어색해서 소리를 못 지른다. 몸싸움을 한 적이 없는 사람은 저항해야 할 때 어찌할 바를 모른다. 과거에는 성폭행 여부를 판단할 때 여성이 죽기 살기로 저항하는지를 기준으로 삼기도 했다. 벗기기 어려운 청바지를 입은 여성은 성폭행할 수 없다는 판결이 나오던 시절이다. 그러나 한 번도 싸울 일이 없이 자란 사람이라면 위기 상황에서 그냥 넋 놓고 있기 십상이다.

요즘에는 어린이집이나 학교에서 성범죄 대처 교육을 한다. 구체적으로 가르치기도 하고 안내문 같은 걸 보내주기도 한다. 그럴 때면 나는 아이들에게 실제 상황을 가정한 시뮬레이션을 한다. 성추행을 당하는 상황을 가정해서 "안돼요." "싫어요."라고 소리 지르는 연습을 시키고, 몸을 옴짝달싹 못 하게 끌어안고 발버둥 치며 벗어나는 연습을 하게 한다. 아이들이 좀 더 크면 호신술을 가르치는 게 좋을 것 같다. 위협을 받는 상황에서 반항하면 더 위험해질 수 있으므로 상황 판단을 잘해서 일단 위험을 벗어난 후에 엄마한테 얘기하라고 한다. 상대방이 가족을 죽이겠다고 협박하거나 집에 불을 지르겠다고 협박하면 자리를 피한 후 바로 엄마한테 얘기하라고 한다. 가족에게 걱정을 끼치기 싫어서, 가족이 해를 입을까 봐 피해를 말 못 하는 착한 여성이나 아동이 많다.

남자 선생님과 단둘이 있는 상황은 되도록 피하고, 단둘이 있게 된다면 쉽게 도망갈 수 있도록 문 근처에 있으라고 조언한다. 모든 남성을 잠재적 성범죄자로 취급한다며 불쾌해하는 시각이 있지만, 피해자가 되지 않으려면 그럴 수밖에 없다. 벼락에 맞아 죽을 확률이 백만 분의 일이더라도 나에게 일어나면 백퍼센트 피해를 본다. 성범죄를 당할 확률은 벼락에 맞아 죽을 확률보다 훨씬 더 높다. 그리고 남성만 성범죄를 저지르지는 않는다. 동성 간에도, 또는 동성을 통해서도 성범죄가 발생할 수 있다. 그 부분에 대해서도 주의를 시킨다.

예전에 지인 집에서 반려견이 낯선 사람을 전혀 두려워하지 않고 몸을 비비며 들이대는 것을 보고 그 개는 아직 나쁜 사람을 한 번도 만나본 적이 없는 것 같다는 인상을 받았다. 나는 우리 아이들이 그렇게 될까 봐 두려웠다. 아름다운 세상만 보고 자란 사람들은 이용당하기 쉽고, 악의와 잔인성에 직면했을 때 극심한 충격을 받아 한순간에 무너져 버리기도 한다. 그래서 아이들에게 뉴스와 시사 프로그램을 통해 이 세상에는 나쁜 사람들도 많다는 것을 알려준다. 가까운 관계에서 상대방을 이용하고 착취하고 조종하는 사례도 자세히 들려주며, 균형이 깨지면 언제든 관계가 불평등해질 수 있으니 관계에서 주도권을 내려놓지 않도록 주의하라고 일러준다. 아무리 얘기해도 늘 보호받으며 사랑과 호의 속에 살아온 아이들은 건성으로 흘려듣는다. 그러나 결정적인 순간에는 엄마의 집요한 잔소리가 불현듯 떠오를 수도 있을 것이다.

에필로그 : 정답은 없다

나와 있을 때는 화장실 문을 전혀 닫지 않고 볼일을 보는 아이들이 이모나 친구와 있을 때는 문을 꼭 닫는 것을 보면 친밀감의 차이를 알 수 있다. 아이들은 나를 놀리려고 일부러 내 앞에서 엉덩이를 흔들며 방귀를 뀌고 도망친다. 자신을 꾸미거나 격식을 차리지 않아도 편안한 관계, 서로의 존재를 의식하지 않고도 함께 있을 수 있는 관계는 커다란 정서적 안정감을 준다.

아이들과 오랫동안 함께 생활하다 보면 표정만 봐도 무슨 생각을 하는지 어떤 상태인지 훤하게 알 수 있을 때가 많다. 열 살이 넘어도 갓난아기 때의 표정과 자세가 그대로 묻어난다. 아이가 배고프면 내 배가 고픈 것처럼 마음이 급해지고, 아이의 관심사가 곧 내 관심사가 된다. 아무 말도 하지 않아도, 아무것도 하지 않아도, 서로 딴 일을 하고 있어도, 함께 있는 게 편하고 좋다.

내가 일에 몰두하느라 첫째와 둘째가 아기였을 때 할머니나 아이돌보미와 함께 지내는 시간이 더 많았을 때도, 아기들은 내가 엄마란 걸 알고 있는 것 같았다. 말도 못 하는 아기가 밤에만 나타나는 여자가 엄마란 걸 어떻게 알았을까? 철저한 약자인 아기들은 권력에 매우 민감한 존재여서 더 많은 시간을 보내는 할머니와 아이돌보미를 내가 막후에서 조율한다는 것을 알아차렸는지도 모른다. 밤늦게 퇴근해서 소파에 주저앉으면 둘째가 엉금엉금 기어와 내 다리에 매달리던 생각이 난다. 그 애는 자신의 복지가 엄마인 내게 달려 있음을 본능적으로 깨달았던 걸까? 사랑은 생존의 문제다. 특히 아이들에게는.

애교가 넘치고 감정 표현이 풍부한 우리 아이들은 무뚝뚝하고 무표정한 엄마를 재밌어한다. 내가 무표정하게 엄격한 태도로 얘기하면 첫째는 "철벽 방어!"라고 키득키득하면서 내 방어 태세를 완화하려고 장난을 친다. 둘째는 하트 표시를 남발하며 늘 나에게 안기고 뽀뽀를 강요한다. 아이들이 왜 처음부터 나를 그렇게 좋아하고 따르는지 의아했지만, 아이들은 차가워 보이는 이 여자가 사실은 늘 자신들을 뒤에서 챙기는 '츤데레(일본 대중문화에서 유래한 용어로 까칠하고 애정 표현에 서투르지만 사실은 따뜻한 캐릭터)'였음을 간파했던 것 같다.

누구나 자신을 있는 그대로 사랑해 주는 사람을 필요로 한다. 대체로 부모가 그런 존재지만 좋은 부모를 만난 사람들도 나이를 먹어가며 다른 사람들을 필요로 하게 되고 부모는 자식보다 훨씬 더 일찍 죽는다. 부모와 사이가 좋은 사람들은 경제력이 있고 사회적으로 활발하게 활동하더라도 4, 50대가 넘어서까지 결혼하지 않은 채 부모와 함께 행복하게 사는 것을 흔히 볼 수 있다.

형제자매가 좋은 인생 동무가 되기도 한다. 나는 백과사전 항목을 편집하는 일을 한 적이 있는데, 결혼하지 않고 평생 깊은 우정을 나누며 살아가는 남매나 자매 지식인들 항목을 보며 참 좋은 삶이라고 생각했다. 허난설헌도 결혼하지 않고 사랑하는 형제들과 함께 살았다면 좋았을 것이다. 결혼 전 재능이 뛰어나 '허씨 5문장'(당대 사람들이 아버지 허엽과 사남매의 뛰어난 문장력을 칭송한 표현)으로 불리던 시절이 그녀의 전성기였다. 허난설헌이 죽은 후 허균은 누이의 문집을 출간하려고 백방으로 노력했다. 그래서 우리는 수백 년이 지난 후에도 그녀를 기억한다. 그녀는 왜 자신을 아끼던 가족을 떠나 남의 집에서 냉대를 받다 죽어야 했을까?

함께 희로애락을 겪고 이해관계를 같이 하는 생활공동체,

경제공동체가 바로 가족이다. 내가 입양으로 가족을 이룬 것처럼, 친구와 함께 살기를 선택하면 친구가 가족이 된다. 과거에는 이성 간의 혼인으로만 가족을 이룰 수 있다는 생각이 지배적이었다. 여성이 경제력을 갖기 어렵고 성별 분업이 확실했으므로, 결혼하지 않으면 생활이 불편했고 여성의 경우에는 기본적인 생계를 꾸리기도 힘들 수 있었다. 결혼이 최소한의 인간다운 삶의 전제조건이었으므로 사랑하지 않는 사람들끼리 필요에 따라 결혼하는 일이 흔했다. 여성이 직업을 갖는 게 일반화되고 생활을 편리하게 해주는 시설과 물자가 풍부한 오늘날에는 여성이든 남성이든 혼자서 얼마든지 잘 살 수 있으므로 결혼하지 않는 사람들이 늘어나고 있다. 비혼으로 살겠다고 결심한 사람보다는 꼭 결혼하고 싶은 사람이 없거나 그런 사람을 만났더라도 결혼할 상황이 아니어서 미혼(또는 비혼)인 사람이 훨씬 더 많다.

☆☆

결혼은 하지 않더라도 대개는 가족을 필요로 한다. 가족을 꼭 이루고 싶은 사람은 이성과 결혼해야만 하는 걸까? 결혼제도는 여러 모순을 품고 있다. 예전에는 여성이 임신하면 그 여성이나 상대 남성이 원래는 그럴 생각이 없었더라도 서로 혼인함으로써 사태를 수습하는 것이 바람직하다고 여겼다. 그래서 결혼 전에 임신하는 '속도위반' 결혼에서 속도를 위반해서 어쩔 수 없이 결혼하는 건지, 원래 결혼할 생각이었는데 속도만 위반한 것인지 주변인들이 궁금해하기도 했다. 충동적인 관계가 아니더라도 낭만적인 연애 감정으로 결혼한다면 그 감정이 사라졌을 때 가정을 어떻게 유지할 것인가? 부부가 인생을 살아가며 각자 생활방식이 변하고 세계관이 바뀌었는데 계속 같이 사는 게 바람직할까? 그냥 외로워서 주변에 있던 이성에게 정서적으로 의존하다가 결혼에 이르기도 하는데 성급한 결혼이 더 큰 외로움을 낳을 수도 있다. 과거에는 일단 결혼한 후에는 개인의 욕구를 억누르고 가정을 위해 희생하라고 강요했고 그것이 통했다. 지금은 한 번뿐인 인생을 충실히 살기 위해 자신의 욕구에 충실하고 발목 잡힐 일은 아예 처음부터 피한다. 그래서 이혼율이 급증하고 혼인율과 출산율이 급감했다.

내가 사귄 남자들은 모두 선량한 편이었지만, 같은 길을 동행할 만한 사람은 없었다. 어쩌다 마주친 인생길에서 서로 잠시 힘이 되어주면 좋지만, 억지로 여정을 바꾸면 인생이 고달파진다. 나는 중학생 때 좋아했던 남자애를 성인이 되어 다시 만난 적이 있었는데, 수년 전에 내가 왜 그 애를 좋아했는지 이

해가 가지 않았다. 나 자신이 너무 변했기 때문이었다. 성인기에 사귄 사람들을 다시 만난다 해도 마찬가지일 것 같다. 남자친구가 군대 간 사이에 마음이 변한다는 것도 그런 이유 때문인 것 같다. 20대 초중반은 급격하게 삶이 변화하는 시기이니 1, 2년 떨어져 있으면, 아니 계속 사귀고 있더라도 헤어지기 쉽다. 최신 뇌과학에 따르면 인간의 뇌는 만 25세경까지 급격하게 발달한다. 만 25세까지도 뇌는 청소년기 질풍노도의 시기다. 뇌가 급속하게 변화하고 있으니 연인 관계가 오래가기 어려울 수밖에 없다. 삼십 대 이후에도 인생은 파란만장하고 뇌는 계속 변화한다.

　어머니가 결혼하라고 잔소리할 때마다 나는 늘 이렇게 응수하곤 했다. "결혼을 안 했으니까 이혼을 안 한 거잖아요. 딸이 이혼녀가 되면 좋겠어요?" 물론 이혼녀가 되는 건 전혀 문제가 안 된다. 어머니는 무척 싫겠지만. 연인 관계도 대개 서로를 구속하는 독점적 성격이 강하지만, 특히 부부는 법적으로나 경제적으로 사회적으로 세트로 묶여 있어서 독자적인 삶을 살기 어렵다. 서로의 삶에 간섭하지 않겠다고 맹세하는 것도 가치관이 비슷해야 가능한 일이다. 내가 십 년 뒤에 어떻게 살고 있을지 어떤 삶을 추구할지 모르는데 종신 계약을 맺으면 뒷일을 감당하기 어렵다.

그에 비해 부모 자식 관계, 형제자매 관계, 친구 관계는 독점적이지 않고 훨씬 자유롭다. 부모 자식 관계는 성장기에는 절대적이고 일방적인 관계지만, 성인이 되면 서로 자유로운 관계가 된다. 물론 부모와 자식의 관계도 온갖 트라우마로 얽혀 감정적으로 자유롭지 못한 경우가 많은 건 사실이다. 그러나 원칙적으로는 독립적인 개인끼리의 자유로운 관계가 될 수 있다. 몇 개월간 연락하지 않다가 만나도 자연스럽고 수년간 따로 살다가 살림을 합쳐도 어색하지 않은, 가까우면서도 구속이 적은 관계다. 나는 무엇보다도 영구불변한 관계를 원했다. 일부러 절연하지 않는다면 부모와 자식의 관계처럼 평생 지속되는 관계는 없다. 가족이 아닌 사람들과 이성으로 혹은 친구로 가까워져도 위협받지 않는 공고한 관계가 가족이다. 내가 보기에는 부부의 낭만적인 연애 감정으로 유지되는 가정이야말로 언제 무너질지 모르는 취약한 가정이다.

비혼 입양이 허가되기 전에는 한국 국적을 취득해야 하는 외국인과 위장결혼을 해서 아이를 입양한 후 이혼할까 하는 생각을 막연하게 떠올린 적도 있다. 정자은행을 이용해 시험관 아기를 임신해서 출산하는 것은 고려하지 않았다. 몇몇 유명인의 사례가 있는데 나는 그럴 처지가 아니다. 재산이 넉넉하거나 경력에 지장이 없다면 괜찮지만 평범한 회사원인 나에게는 경력을 위태롭게 하는 데다 출산 전후 돌봄이 필요한 시기에 가족의 도움을 받는 게 가능할지 불확실했기 때문이다. 임신과 출산 과정에서 아기나 내 건강에 문제가 생긴다면 내 경제력으로는 감당하기 어려웠다. 결국 나는 비혼 입양이 허가된 후 두 아이를 입양해 가족을 이루었는데, 점점 더 비전통적인 방법으로 가족을 이루는 사람들이 증가하고 있다.

소득 수준이 높고 개인주의와 자유주의가 확산한 국가들에서 혼인율이 낮아지는 것은 돌이킬 수 없는 추세로 보인다. 이와 관련해 변화된 세상에서 가족을 지원하기 위해 동거부부에게 혼인부부와 거의 같은 권리를 부여하기도 하고, 어떤 형태의 가정에서 양육하는지와 상관없이 아동이 잘 자랄 수 있도록 아동복지가 강화되고 있다.

결혼을 신중하게 결정하고 성공적인 결혼 생활을 위해 노력하는 풍조가 확산하면서 만족스러운 결혼 생활을 하는 사람들도 늘어난 것 같다. 내가 어릴 적에는 결혼이 연애의 무덤이었고 3, 40대 이상의 남녀가 손을 잡거나 팔짱을 끼고 다니면 부적절한 관계로 의심받았다. 하지만 지금은 오래된 부부가 데이트를 즐기거나 손을 잡고 다니는 모습을 흔히 볼 수 있다. 내가 아는 많은 부부가 절친한 친구 같은 관계로 서로를 존중하며 평등하게 살아간다.

☆ ☆

　의무감 때문에 관계를 유지하는 게 아니라 정말 만족감을 주는 관계에 충실한 것이 오늘날의 추세다. 반려동물, 반려식물이 사람들의 삶에서 나날이 중요해지는 것도 바로 그 때문이다. 독신 친구 몇몇과 가족처럼 가깝게 지내며 노후를 보낼 수도 있다. 사회 변화에 따라 혈연이나 혼인 관계가 아닌 동거인이나 보호자에게도 일정한 법적 자격을 부여하는 제도 개혁이 점차 이루어질 것이다. 병원에 갈 때 수술 동의서에 서명할 사람이 있어야 하니까.

　톨스토이의 「사람은 무엇으로 사는가」에서 쌍둥이를 낳은 엄마의 생명을 거두라는 명을 받은 천사는 방황하다가 나중에야 신의 뜻을 이해하게 된다. 사람은 사랑으로 산다. 갓 태어난 아기들은 이웃 사람들의 선의와 사랑에 기대어 살아남을 수 있었다. 다 큰 어른도 사랑이 있어야 온전한 삶을 살 수 있다. 모든 사랑이 중요하고 존중받아야 한다. 가장 가까운 대상과의 사랑이 씨앗이 되어 이웃에 대한 사랑, 약자에 대한 사랑으로 확대될 때 이 세상은 정말 살 만한 세상이 될 것이다.

결혼도 출산도 아닌, 새로운 가족의 탄생

비혼이고 아이를 키웁니다

1판 1쇄 발행 2022년 2월 1일

ⓒ 백지선, 2022

지은이 백지선
그린이 김예지
디자인 김회량
용지   (주)아이피피
인쇄   도담프린팅

펴낸이   백지선
펴낸곳   또다른우주
등록   제2021-000141호(2021년 5월 17일)
주소   03925 서울시 마포구 월드컵북로 400 (상암동) 5층 13호
전화   02-332-2837
팩스   0303-3444-0330
전자우편 anotheruzu@gmail.com
블로그   https://blog.naver.com/anotheruzu

ISBN 979-11-977363-0-8 03810

여러분의 투고를 기다리고 있습니다.
기획 아이디어와 원고가 있으신 분은 anotheruzu@gmail.com로 연락주십시오.